KB042962

거행

귀행 3

초판 1쇄 인쇄일 2014년 8월 13일 | **초판 1쇄 발행일** 2014년 8월 14일

지은이 손연우 | **펴낸이** 곽중열 | **담당편집 팀장** 이범수
편집부 신연제 이윤아 김호성 김은경

펴낸곳 (주)조은세상 | 출판등록 제 2002-23호
주소 경기도 연천군 미산면 청정로 1355
TEL 편집부 02)587-2966 | FAX 02)587-2922
e-mail bukdu@comics21c.co.kr

ⓒ손연우 2014
ISBN 979-11-5512-524-3 | ISBN 979-11-5512-521-2(set) | 값 8,000원

※잘못 만들어진 책은 바꿔 드립니다.
※저자와의 협의에 의해 인지는 생략합니다.

귀행 3

NEO ORIENTAL FANTASY STORY

CONTENTS

第 1 章 7

第 2 章 39

第 3 章 67

第 4 章 101

第 5 章 131

第 6 章 167

第 7 章 193

第 8 章 209

第 9 章 233

第 10 章 249

第 11 章 273

귀행

第 1 章

第 1 章.

1

죽었다는 인물이 버젓이 눈앞에 존재했다.

마혈을 풀어주자 눈만 깜빡거리던 그녀가 웃는 낯을 해
보였다.

"구해줘서 고마워요. 전 오실 줄 알았어요."

"……."

죽은 고산채의 채주 고웅이 했던 말대로라면, 초난희의
육신은 땅에 썩고 있어야 했다. 하지만 죽은 사냥꾼 허씨
가 가리켰던 봉분엔 초난희의 시체가 없었다.

아니.

애초에 그들이 믿을 만한 존재였던가?

독고월은 쉬이 아니라고 답을 내릴 수 있었다. 그렇지

않으면 눈앞에서 자신을 바라보고 있는 그녀의 존재가 용납이 안 됐다.

하면.

독고월이 화전민촌에서 죽은 허씨와 함께 있을 때 본 환영은 뭐란 말인가.

분명 독고월은 초난희가 죽는 장면을 보았다. 해괴한 귀신놀음이라고 여기고 싶어도, 엄연히 해코지를 당한 화전민촌 사람들이 존재했다.

서문평과 곽씨를 비롯한 화전민촌 처녀들.

그녀들의 존재가 자신이 본 환영이 진실이라고 말해줬다. 그녀들은 영악하지도 않았고, 녹림도에게 이루 말할 수 없는 치욕까지 당했다. 거짓을 말할 이유가 없었다.

─소제가 화전민촌에서 하룻밤 묵었을 때, 초 누님이 소제한테 그랬습니다! 강호를 찬란하게 비추던 창천의 해가 저물면, 오롯이 떠오른 고고한 달이 세상을 도로 밝힐 거라고!

서문평이 했던 말에 의하면 초난희는 예언을 일삼는 천기자와 같은 존재였다. 말로 설명할 수 없는 능력이 있다는 건데, 기이한 일들을 일으킨 게 그녀의 능력이 아닐까 싶었다.

귀랭 3

그렇다면 독고월이 본 환영을 조작했을 가능성이 농후하다. 강호엔 사이한 환술(幻術)이 엄연히 존재했으므로.

그럼에도 모순되는 점은 여전했다.

바로 운무가 가득했던 화전민촌에서 보냈던 한 달이란 시간이었다.

보아하니 초난희는 흑야란 조직과 모종의 연관이 있음이 분명했다. 화전민촌 참사를 주도한 것도 흑야였으니까 말이다.

대체 왜 그래야 했던 걸까? 또 남궁일의 죽음과 연관은 없는 걸까? 눈앞에 있는 그녀는 굳이 죽은 척하면서까지 일을 꾸몄다는 건데, 다시 앞에 나타난 연유는 뭐란 말인가?

복잡하다.

의문이 계속 꼬리에 꼬리를 물고 늘어졌다.

장고에 빠져있던 독고월이 피식 웃었다.

"…답지 않게 고민은."

"네?"

그녀가 되물었다. 왠지 모를 불길함이 느껴지는 웃음이어서다.

독고월은 그녀의 시선을 마주하며 한 자 한 자 힘주어 말했다.

"난 딱 세 가지만 물을 것이고. 만약 거짓을 말한다면 가만두지 않겠다."

"……!"

그녀는 봉목을 치켜떴다. 뭔가 말하려 했지만, 들린 독고월의 손이 막았다.

"그러니 성심성의껏 답하는 게 좋을 거다."

독고월의 침착한 목소리가 말해줬다.

진심이라고.

독고월은 더 이상의 의문이나 수작을 허용치 않을 작정이었다. 그래서 만약 자신의 말에 답이 없다면, 일고의 여지도 없이 실행할 것이다.

그녀 또한 그걸 느끼고 고갤 끄덕였다.

"…알겠어요."

"좋아, 첫 번째다. 날 살린 이유가 뭐냐?"

"정파의 저명한 인사가 남궁일 대협을 죽이려고 한 점을 이용한 무림맹의 분열촉진이에요. 살아 돌아왔음을 강호의 이목이 쏠려 있는 용봉대전에서 밝히려는 목적이죠. 저도 흑야에게 협박을 당해 어쩔 수가 없이……."

말꼬리를 흐리는 그녀의 표정은 어두웠다. 그러다 독고월을 보고는 말간 미소를 지었다. 마치 당신이 자신을 구해준 덕에 그런 협잡에서 벗어날 수 있게 됐다고 말하는 듯했다.

독고월은 인상부터 그었다.

"잠깐, 그 소린 절벽에 내가 떨어질 걸 미리 알고 있었다는 소리냐? 네 그 잘난 예언이라는 능력으로?"

"……."

그녀는 침묵을 택했다.

무언의 긍정.

독고월은 그녀를 똑바로 바라보았다.

"그럼 네 잘난 환술로 죽음을 가장해 날 속인 게 흑야 때문이라는 거냐?"

"죄송해요. 남궁일 대협을 구하려면 그럴 수밖에 없었어요."

그녀는 고개 숙여 사과했다.

대체 왜라는 질문이 목구멍까지 치솟았다. 순간 독고월은 그녀의 말에서 이상함을 느꼈다.

"…좋다. 미래를 보는 능력을 지닌 네가 화전민촌에서 죽었을 리가 없다치자. 그래서 봉분을 뒤졌는데 시체는 없었고 말이야."

"본의 아니게 속이게 돼서 죄송해요."

"됐고, 두 번째 질문이나 하지. 내 이름이 뭐지?"

"네?"

그녀는 뭐 이런 당연할 걸 묻나 싶었다.

독고월이 재촉했다.

"아까 말했지. 내 질문에 답하지 못하면……."

"남궁일 대협이시잖아요. 왜 그런 걸 물어보죠? 아니면 강호에서 쓰고 있는 가명을 말해줘야 하나요?"

잡았다.

독고월이 헛웃음을 터트렸다. 한참을 껄껄대던 그가 고개를 저으며 말했다.

"아니다. 이제 마지막 질문을 하지."

"네."

그녀는 한결 가벼워진 표정을 했다.

독고월이 의외의 질문을 던졌다.

"너는 어떤 여인이더냐?"

"네?"

그녀는 당황했는지 쉬이 대답하질 못했다.

독고월이 계속해서 재촉했다.

"말해보거라. 아까도 말했듯이 마지막 질문이다."

"아, 갑자기 저에 대해 물으시니 뭐라고 말해야 할지 모르겠네요."

"그렇지?"

"네?"

그녀가 순진한 눈망울을 깜빡였다.

독고월은 하얀 이를 드러냈다. 그러다가 벼락처럼 손을 뻗었다.

덥석.

가녀린 그녀의 목을 잡은 독고월의 손.

화등잔만 해진 그녀의 눈망울이 의아함을 담았다.

"왜 이러세요?"

"아까 말했지. 허튼소리를 하거나 배배꼬인 말을 하면 어떻게 한다고?"

"네? 갑자기 무슨 말씀이세요? 설마 생명의 은인인 절 죽이시려는 건가요? 전 초난희잖아요, 죽을 뻔한 남궁일 대협을 살린 은인이라고요!"

당혹해하는 그녀가 서둘러 답했다.

독고월은 고개를 끄덕여줬다.

"맞다. 넌 초난희지. 당연한 걸 물었으니 한 가지만 더 묻지. 동의하느냐?"

"네, 네!"

서둘러 고개를 끄덕인 그녀에게선 조급함마저 느껴진다.

독고월은 걱정하지 말라는 듯 반대쪽 손으로 그녀의 머리를 쓰다듬어줬다.

그녀는 그제야 안심한 얼굴을 했다. 그 자신을 속인 것에 대한 짓궂은 감정의 표출이라고 여긴 듯하였다.

"오늘 내가 여기에 올 것을 미리 안 것도 네가 한 예언 덕이겠지?"

"네, 당연……."

"대단하구나. 그렇다면."

"이런 장난 재미없어요. 이제 그만해요, 우리."

"그래 그만해주지. 내가 널 죽일지 살릴지 예언한다면 말이다."

"이렇게 갑자기 하라고 해서 할 수 있는 게 아니에요."

그녀는 고개를 가로저었다.

독고월의 눈매가 진한 호선을 그렸다.

"네가 말했지 않느냐? 넌 예언하는 능력이 있고, 그걸로 인해 날 구해줬다지 않았느냐? 그렇다면 예언해보거라. 내가 널 지금 살릴지 죽일지."

"그게 대체 무슨 소리세요! 그리고 생명의 은인인 제게 이 무슨 지독한 장난이에요, 흐윽!"

그녀가 울먹였다. 가녀린 자태로 애처롭게 떨고 있었다. 마치 비에 젖은 처량한 새 같았다. 눈물이 그렁그렁한 아름다운 눈망울은 철석간장의 사내라도 흔들릴 정도였다.

하지만 독고월은 달랐다.

"모르겠지?"

"절 죽일 생각도 없으시잖아요."

애절한 목소리로 그녀가 답했다.

이제 독고월의 입매는 부드러운 호선을 그리고 있었다. 호의적인 느낌이 다분했다.

그제야 그녀가 소매를 눈물을 닦으며 한숨을 내쉬었다.

"정말! 왜 이렇게 짓궂은 장난을……!"

그녀는 말을 채 내뱉을 수가 없었다.

뿌드득!

목이 돌아간 상태에 말하는 건 말도 안 됐기 때문이었다. 혀를 빼 문 것도 모자라 눈동자는 당장에라도 튀어나올 듯했다.

미소를 지어 드러난 독고월의 이가 하얗게 빛났다.

"틀렸다."

2

털썩.

목이 돌아간 시체가 모로 쓰러졌다.

독고월은 팔짱을 낀 채 지켜만 봤다.

순간 기이한 변화가 생겼다.

스스슥.

목이 돌아간 시체의 얼굴이 흉측하게 일그러지기 시작한 것이다.

우둑, 우둑.

얼굴의 골격이 틀어지는 듯하더니 점차 자리를 잡아갔다. 드러난 얼굴은 충격적이었다.

독고월의 입꼬리가 비틀렸다.

짐작했던 대로다.

초난희로 보이던 그녀는 전혀 다른 인물이었다. 눈깔을 까뒤집은 여인은 초난희와 닮은 점이 눈곱만큼도 없었다.

역용술로 말미암은 연극이었으니까.

독고월은 흑야가 어째서 이런 짓을 했는지 어렵지 않게 짐작했다.

"날 이용하려는 수작이겠지. 초난희에게 진 목숨 빚을 이용해서 말이야. 그렇단 이야기는……."

이 장원에 있던 흑야의 인물들이 독고월이 미리 올 걸 알고 있었던 걸 보면.

초난희, 그녀는 분명 흑야에 소속되어 있었다. 하지만 모종의 일로 흑야와 척을 지은 것 같았다.

어째서냐고?

죽은 흑야의 인물이 초난희로 변용을 한 것만 봐도 알만 한 사실이었다. 만약 척을 짓지 않았다면, 굳이 초난희로 변용해 나타날 이유가 없었다.

물론 초난희가 죽었으니까—어디까지나 가정— 그럴 수 밖에 없는 이유도 있겠지만, 그들이 부랴부랴 대역 인물을 내세워 자신을 이용하려는 시도를 알게 됐다.

화전민촌에서 보냈던 현실인지 꿈인지 분간 안가는 한 달이란 시간과 화전민촌을 감쌌던 기이한 운무.

초난희가 독고월을 그들로부터 보호하기 위해 무슨 짓을 한 게 분명하다. 그녀가 일 년도 전에 화전민촌에 자리잡은 것 하며, 독고월과 남궁일이 전혀 다른 인물임을 흑야가 모르는 것만 해도 알만했다.

초난희가 흑야에게 진실을 숨긴 것도 모자라, 보호하려는 모양새였으니까.

그리고.

초난희가 서문평에게 남겼던 예언을 생각해보면, 내린 결론이 옳다는 확신이 들었다.

─소제가 화전민촌에서 하룻밤 묵었을 때, 초 누님이 소제한테 그랬습니다! 강호를 찬란하게 비추던 창천의 해가 저물면, 오롯이 떠오른 고고한 달이 세상을 도로 밝힐 거라고!

창천의 해는 당연히 남궁일이겠고, 해가 저물면 찾아오는 건 어둠 즉, 흑야(黑夜)겠다. 그 어둠을 도로 밝힐 고고한 달이라는 건 당연히 독고월이겠고.

이 말을 서문평에게 왜 남겼을까?

독고월은 그걸 어렵지 않게 짐작했다.

초난희는 독고월이 흑야의 검은 의도를 막아주길 바란 것이다. 흑야의 목적은 아까 변용한 그녀의 말로 어렵지 않게 짐작할 수 있었다.

 ─정파의 저명한 인사가 남궁일 대협을 죽이려고 한 점
을 이용한 무림맹의 분열촉진이에요. 살아 돌아왔음을 강
호의 이목이 쏠려 있는 용봉대전에서 밝히려는 목적이죠.

 정파 강호의 혼란.
 즉, 무림맹을 분열시켜, 제이 제삼 세력까지 끌어들이는
것이다.
 그것이 바로 흑야의 목적이었다.
 무슨 말이냐면.
 죽은 줄 알았던 인의무적 남궁일의 등장과 화전민촌 참
사를 이용해 약간의 정보조작을 한다면. 그렇지 않아도 남
궁일을 죽이려 했던 걸로 인해 신뢰를 잃은 무림맹의 소행
으로 몰아가기 편하지 않겠냐는 말이다.
 그 정도로 인의무적 남궁일 대협이 가진 파급력은 대단
했다. 벌이지도 않은 일까지 무림맹이 뒤집어쓸 수 있을
만큼.
 마침 자신의 행보까지 화전민촌과 얽힌 마당이다.
 이어지는 의심은 짙어지고 무림맹은 사분오열될지도 몰
랐다.
 기다렸다는 듯이 마교와 흑도맹의 발호.

저력이 있는 정파는 재응집을 할 것이고, 정사대전이 벌어지는 건 당연한 수순이었다.

한 번 정사대전이 벌어지면 몇 년을 갈지 모른다. 셋 세력은 일진일퇴를 거듭할 거고, 힘은 빠질 대로 빠진다.

그 틈을 탄 흑야가 발호할 거라는 건 불을 보듯 뻔했다.

거대 세력들을 뿌리 뽑는 건 절대 쉽지 않겠지만, 짐작하건대 흑야는 세 세력을 와해시킬 준비를 해뒀음이 분명하다. 천기자나 다름없는 초난희와 척을 지게 되어 이런 악수를 뒀겠지만 말이다.

독고월이 한숨을 내쉬었다.

"후우, 그래도 여전히 해결되지 않는 의문들이 남는군. 고 계집애 과연 죽었는지 살았는지. 또 내게 먹인 탕약은 뭐였는지 말이야."

오죽 답답했으면 또 혼잣말할까.

독고월은 고개를 절래 흔들고는 내실을 나섰다.

아직 풀리지 않는 의문들.

독고월은 그 의문들을 한 번에 풀 방법을 이미 알고 있었다. 초난희와 나눴던 대화가 절로 떠올랐다.

─그냥 여기서 계속 기다리는 게 낫지 않나? 스승이란 사람도 여기서 기다리라고 했다면서.

─네, 그렇긴 한데 요즘 들어 꿈자리가 너무 사나워서요.

-꿈자리?

-네, 스승님이 자꾸 꿈에 나오셔서 힘든 얼굴로 절 바라보세요. 황당하다는 거 알아요. 하지만 믿어줘요. 스승님에게 분명 무슨 일이 생긴 게 틀림없어요. 여인의 육감이라고 해도 좋아요.

바로 초난희의 스승을 찾는 것이다. 과거 초난희가 독고월에게 스승을 찾아야 한다고, 웃기지도 않는 계약부부를 내세운 이유가 여기에 있었다.

독고월은 저런 어처구니없는 말들을 했던 이유를 이제는 좀 알 것 같았다.

만약 당시에 초난희가 실은 예언을 하는 사람이란 말을 해줬다면, 자신이 믿어줬을까?

그렇지 않아도 남궁일이 믿었던 이들에게 배신을 당한 걸 본 마당이었다.

그런데 처음 보는 여인이 자기가 예언자란다. 아무리 그 여인이 생명의 은인이라고 해도 미친년 취급하지, 그걸 믿어줄 리가 만무하다.

그래서 초난희는 모든 진실을 자신의 입으로 말하는 대신, 독고월이 스스로 알게 되길 바란 것이다.

"아니, 그냥 속 시원하게 말해주면 서로 편할 것을. 이건 뭐 똥개 훈련시키는 것도 아니고. 대체 왜 이런 불편함을 감수해야 하는데?"

독고월이 투덜대며 밖으로 나왔다.

피비린내가 풍기는 장원엔 괴괴한 침묵만이 감돌았다.

"……."

순간 독고월의 눈빛이 어느 한 지점에 고정되어 있었다.

아지랑이가 피어오르고 있었다. 등을 돌려 앉아 있는 한 장년인을 중심으로.

벌컥, 벌컥.

장년인이 술병을 부어주고 있었다. 두 조각이 난 담적의 시신 위였다.

"자네들의 죽음이 덧없게 만들지 않겠네."

"……."

독고월은 말없이 지켜봤다. 앉아있는 그의 기세로 짐작하건대, 절대 하수가 아니었다.

아니.

오히려 장년인의 경지가 쉬이 읽히지 않는 걸 보아 맞수로 짐작됐다.

그런 정체불명의 장년인이 부스스 몸을 일으켰다. 무복에 묻은 흙을 털고는 싸구려 화주가 든 술병을 들었다. 입으로 가져가 술병을 기울였다.

주르륵.

입안으로 들어가는 게 반, 목선을 타고 흐르는 게 반이다.

퍼석!

술이 모두 비워진 병을 한쪽에 내던진 장년인이 히죽 웃었다.

"반갑소, 남궁일 대협."

3

스스로를 권야(拳夜)라고 밝힌 장년인이었다. 흑야의 십이야(十二夜)중 말석이라고 했다. 용의 꼬리나 다름없는데도 얼굴에 자부심이 넘쳐흐르는 걸 보아, 제 조직에 대한 신뢰도가 꽤나 높아 보인다. 야주(夜主)란 인물을 말할 땐 두려움까지 내비쳤다.

하지만 독고월은 다른 점에 주목했다.

역시 그 또한 남궁일 대협이라고 말한다.

흑야가 독고월의 존재 자체를 아예 모르고 있다는 증거였다. 초난희가 숨겼으니 알 턱이 없을 것이다.

무슨 계기로 흑야와 초난희는 척을 지었을까?

흑야가 천기자나 다름없는 초난희의 능력을 착취해서 그 예언으로 대계를 꾸몄는데, 문제가 발생했다.

초난희.

그녀가 바로 문제였다.

권야가 말했다.

"남궁일 대협, 정녕 정파의 그 위선자들을 가만히 보아넘길 것이오?"

지 동료를 죽인 놈에게 말이 많다. 아직도 독고월을 회유할 여지를 남기고 있는 것이다. 독고월이 하얀 이를 드러냈다.

"설마 이런 상황도 고 계집애가 예언했나?"

"……"

권야는 입을 다물었다. 고 계집애가 누군지 충분히 알만해서다.

"하긴, 네놈의 죽음에 대한 예언을 말해줄 리가 만무하지."

"크흠!"

독고월이 슬쩍 도발하자, 권야의 얼굴이 순식간에 벌게졌다. 줄곧 격식을 차리긴 했으나, 원래부터 가진 성격은 화급한 쪽인가 보다.

독고월이 바라마지 않는 상대다.

초절정의 경지에 오른 것이 분명한지 아닌지는 직접 손을 섞어보면 알 터.

"고 계집앤 어디에 있느냐?"

"본 야에 잘 있소. 일 년 전에 큰 부상을 당해 지금까지 정양을 해야 했소. 이게 부득이하게 대역을 내세운 이유요."

그럴듯한 변명에 독고월은 비웃었다.

"거짓부렁 하기는!"

본능이 말해줬다. 놈들에겐 초난희가 없다는 사실을.

권야는 불편한 심기를 표정에 가감 없이 드러냈다.

"어찌 거짓……!"

우르릉!

순간 독고월의 신형이 폭발하듯이 뛰쳐나갔다.

목적지는 권야의 면전이었다.

권야는 당혹해하는 와중에도 방어초식을 펼쳤다.

쩌엉—

독고월이 섬전처럼 내지른 출수가 권야에 의해 막혔다.
강호에 출두한 이래 처음 겪는 일이었다.

당황해야 함이 마땅하나, 독고월은 제법인데라는 표정
을 지었다.

"인의무적이란 명성에 어울리지 않게 이 무슨 비겁한
짓이오!"

권야가 이를 갈았다.

아직도 격식이란 가면을 벗지 않는 걸 보아, 남궁일 대
협이란 패의 가치가 꽤 큰가 보다.

독고월이 느긋하게 웃었다.

"싸움에 비겁하고 말고가 어디 있어? 어차피 죽고 못 사
는 사이가 될 텐데."

"크흠!"

의미심장한 말에 권야가 헛기침을 했다. 그 와중에도 한쪽 발을 뒤로 쭉 뺐다. 독고월이 기습적으로 발등을 밟으려고 해서다.

파앙!

땅이 움푹 들어갔다. 만약 발을 밟혔다면 곤죽이 되고도 남을 위력이었다.

권야가 울긋불긋해진 얼굴로 소리쳤다.

"참으로 치졸……!"

휘익!

독고월의 반대쪽 주먹이 권야의 미간을 향해 쏘아졌다.

퍼억—

강렬한 충격을 선사 받은 권야는 목이 꺾어져야 함이 마땅한데.

권야는 이마저도 한 손으로 쉬이 막아냈다.

권야 또한 의심할 여지가 없는 초절정의 경지란 소리다.

"제법이군."

적잖이 감탄한 독고월이 한 발 가볍게 물러났다.

벌게진 얼굴을 한 권야의 이마에 힘줄이 불거졌다. 회유가 우선이기에 참고 있었는데, 놈은 갈수록 가관이었다.

파앗!

독고월은 물러나는 와중에 발을 빼내면서, 흙더미를 차올렸다.

목적지는 권야의 눈이었다.

권야는 이런 얕은 수쯤은 그냥 웃어넘길 수도 있었다.

남궁일 대협을 회유하는 게 임무였으니까.

한데 남궁일은 명성과 달리 자꾸 신경을 건들었다. 가볍게 고개를 틀어 흙더미를 피한 권야, 잠깐 기다리라고 말하려다 급히 입을 다물었다.

휘익!

독고월의 발은 흙더미를 차오르는데 그치지 않았다. 권야의 사타구니를 향해 쏜살같이 치솟는 중이었다.

권야는 가까스로 양손을 내려 방어했다.

퍼억—

하지만 그 발길질에 담긴 위력을 채 해소시키진 못했다. 아랫배가 당기는 약간의 고통도 고통이지만, 참을 수 없는 모멸감에 이가 갈렸다.

십이야에 소속된 초절정무인 그가 언제 이런 일을 겪어본 적이 있을까.

"크윽."

나지막한 신음이 권야의 입에서 흘러나왔다. 급소를 가격당할 뻔한 것도 치욕스러웠다.

"정녕 관짝을 봐야 정신차리겠소!"

"봐서."

권야의 경고에도 독고월의 태도는 여전했다. 유들거리는 얼굴이 참으로 얄밉다.

우우우웅.

권야의 머리카락이 한올 한올 하늘 위로 치솟았다. 분노를 도저히 참을 길이 없었다. 머릿속이 하얘지고, 벌게진 눈알이 당장에라도 튀어져 나올 것만 같았다.

살 떨리는 기세가 장내를 장악했다.

스릉.

독고월이 월광도를 빼들었다. 도첨을 그에게 겨누며 히죽 웃었다.

"날 회유할 거 아니었나?"

"우리와 함께 하는 것이오?"

혹시나 했던 권야는 곧 인상을 일그러트려야 했다.

"아니."

"이런 되먹지 못한 작자를 봤나!"

기세는 물론, 표정까지 달라진 권야였다.

그에 반해 독고월은 여전히 여유를 잃지 않았다.

초절정 무인과의 첫 대결.

긴장보다 기대가 먼저 들었다.

권야가 주먹을 떨쳤다.

후아아앙!

푸르슴한 권강이 독고월에게 쏜살같이 날아왔다.

권강을 향해 도를 내려찍은 독고월이었다. 제일도 삭월로 맞선 것이다.

월광도가 휘둘리자, 도기의 다발이 우후죽순으로 생겼다.

권야도 계속해서 양 주먹을 휘둘렀다.

삭월에 질세라 권강의 수가 급격하게 늘어났다.

제일도 삭월의 도기가 권강과 맞부딪치는 순간!

콰콰콰콰콰쾅!

땅거죽이 터져나갔다. 진천뢰 수십 발을 일제히 터트린 것과 같은 위력이었다.

흙먼지가 자욱하게 일어났다. 그 먼지를 한 인영이 꿰뚫었다. 독고월이 섬전행을 펼친 것이다.

피이잉!

쭉 당겨진 신형이 일직선으로 늘어졌다.

도주를 위해서?

그럴 리가!

독고월의 벼락같은 신형이 향한 곳은 두 눈을 부릅뜨고 있는 권야였다.

"이런 미친 작자가!"

4

어마어마한 도기와 권강의 여력이 아직도 몰아치는 전장을 꿰뚫고 들어오는 짓은 말 그대로 미친 짓이다.

권야가 쏘아낸 권강도 권강이지만, 흙더미와 자갈이 비산해 있는 상태에서 경공술을, 그것도 엄청난 속도를 내는 섬전행이라면, 고작 흙더미와 자갈이 아니었다. 경공술을 펼친 상태에서 받는다면 고작이란 말이 무색해졌다.

실제의 도산검림을 맨몸으로 돌파하는 것과 같달까.

호신강기를 펼친다고 해도 부상을 입는 건 피할 수 없었다.

흙더미와 자갈이 그 정도인데 도기와 권강같은 초절한 공격은 어떻겠나?

권야라면 절대 하지 않을 행동이었다. 목숨을 도외시하는 미친 짓이다.

"이런 미친 작자가!"

그렇기에 허를 찔리고 말았다.

슈아아앙!

무정하게 위에서 아래로 그어지는 도가 그리는 지극히 단순한 경로, 일도양단(一刀兩斷)이었다.

단순하지만 지금 같은 상황에 매우 적절한 수였다.

"크윽!"

그 증거로 권야가 뒤로 빠르게 물러났다.

스으윽!

하지만 옷과 살가죽이 함께 베이는 건 피할 수 없었다.

피가 파악! 치솟았다.

권야의 눈동자가 고통으로 일그러졌다. 하지만 권야는 일방적으로 당할 무인이 아니었다. 이대로 물러나기엔 그가 이룩한 경지가 너무나 높았다.

"하아앗!"

두 주먹을 전면으로 뻗었다. 뒤이어 들이닥칠 놈을 격퇴시키기 위해서였다.

후아아앙!

어마어마한 권강이 빛살처럼 뻗어나왔다. 살을 내주고 뼈를 얻어가는 식의 공격이었기에 피하는 건 불가능해 보였다.

하지만.

독고월의 신형은 이미 온데간데없었다.

무의미한 권강만이 그가 있던 자리를 할퀴었다.

쿠우우웅!

땅이 움푹 파인 걸 보며 권야가 기감을 넓혔다. 권야가 당혹 어린 신음성을 내뱉었다.

"이런!"

너무 늦었다.

권야가 전력을 다해 호신강기를 끌어올렸다.

방향은 위쪽이었다.

어느새 하늘 위로 신형을 띄운 독고월이었다.

월광도가 유려하게 원을 그리고 있었다.

슈슈슈슉!

아까보다 배가 넘는 도기가 들이닥쳤다.

육도낙월의 제이도 반월이었다.

피하기엔 늦었음을 깨달은 권야의 가슴 한편이 서늘해
졌다.

"제기랄! 이대로 당할쏘냐!"

권야는 호신강기를 펼쳐 든 한편 미친 듯이 주먹을 휘둘
렀다.

콰콰콰콰콰콰쾅!

귀가 먹먹해지고도 남을 굉음이 터져 나왔다.

권야는 자신이 이룩한 경지를 증명이라도 하듯이 들이
닥치는 반월의 도기들을 전부 막아냈다. 그였기에 가능한
일이었다.

"으하하, 어떠냐!"

마지막 도기를 주먹으로 깨트리던 권야가 웃었다. 곧 표
정을 참혹하게 일그러트려야 했다.

슈슈슈슈슈슈슈슉!

방금 전의 것보다 배가 넘는 도기가 또다시 들이닥치고 있었다.

이번엔 육도낙월의 제삼도인 망월(望月)이다.

그 어마어마한 물량공세에 이를 갈았다.

"아주 쉴 틈을 안주는군. 하지만 이런 공격은 무의미하다는 걸 알려주지!"

호기로운 말과 달리 권야의 속은 울렁거렸다. 케케묵은 전대의 무공이라 여겼던 천구패의 독문 무공이 이 정도로 엄청날 줄은 꿈에도 몰랐다. 권야는 경시하는 마음을 버리고, 내력 전부를 끌어올렸다.

우우우우우웅!

용이 승천하듯이 어마어마한 권강이 하늘로 치솟았다. 호수 밑에서 백 년을 기다리던 이무기가 깨달음을 얻고, 용이 되어 승천하는 것만 같았다.

용권풍이 인 것이다. 독고월이 펼친 제삼도 망월을 집어삼키려는 듯이.

콰아아아아아앙!

빛이 번쩍하는 동시에 꿍음이 터져 나왔다.

전력을 다한 초절정 고수의 맞대결.

천재지변이 따로 없었다.

장원은 이미 폐허나 다름없었다. 산허리에 위치한 탓에 주위에 있던 나무들이 우수수 쓰러져나갔다.

드드드드.

산허리가 금방에라도 산사태가 일어날 것처럼 흔들린다.

권야의 눈빛처럼 말이다.

피이잉!

뭔가 번쩍인다는 느낌과 함께 뜨끈한 통증이 뒤를 이었다. 우르릉— 거리는 묵직한 울림이 귓가를 울렸다. 권야는 저도 모르게 손을 들어 허리 언저리를 만졌다. 아무런 느낌이 나질 않았다.

주르륵.

뜨거운 무언가가 울컥 치밀어 올랐다. 그리곤 손에 뜨끈한 액체가 만져졌다. 질척거리는 느낌이 참으로 더러웠다.

"이, 이……."

권야는 뭔가 말하려고 했지만 입을 벌리기란 쉬운 일이 아니었다. 간신히 버티고 서있는 중이다.

독고월이 월광도를 허리춤에 패용했다.

"후우, 이번엔 나도 좀 위험했지. 가진 밑천을 탈탈 털었는데 못 잡으면 어쩌나 했거든."

과정은 이러했다.

독고월은 제삼도 망월을 펼치는 동시에 우회해서 섬전행을 펼쳤다. 망월을 받아내느라 정신없는 권야를 향해서.

권야는 그가 검기와 권강이 난무하는 전장을 섬전행으

35

로 또다시 뛰어드는 미친 짓을 저지를지 짐작조차 못 했다.

죽고 싶어 환장한 놈이 아니고서야 그런 짓을 왜 한단 말인가.

하지만 그 차이가 승부를 갈랐다.

위험을 불사하고 벼락처럼 내질러진 신형 속에서 휘둘린 월광도.

두 눈을 화등잔만 하게 뜬 권야가 피하려 했지만, 너무 늦었다.

독고월의 섬전행은 말 그대로 벼락이었다. 월광도가 권야의 허리를 찰나지간에 가르게 해줬다.

겨우 이겼다는 독고월의 말이 어울리지 않는 결과가 눈앞에 펼쳐졌다.

권야로서는 미치고 팔짝 뛸 노릇이었다.

이리저리 휘둘려서 제 실력을 충분히 발휘하지 못하게 될 줄은 꿈에도 몰랐을 것이다.

아무리 고수의 대결이 종이 한 장 차이로 갈린다고 하나, 초절정 무인의 대결이라기엔 아쉬움이 많이 남았다.

서로의 초식을 백초 아니, 천초는 겨뤄서 겨우 빈틈을 찾아내야 상대를 이길 수 있는 게 초절정 무인의 대결이다.

비등한 실력자의 대결이란 바로 그런 것인데.

놈은 허의 허를 찔러 이런 말도 안 되는 일을 벌였다.

"으, 으으."

억눌린 신음이 새어나왔다. 절륜한 내공으로 겨우 버티고 있던 권야의 두 눈동자가 점점 위로 올라가려 한다.

"이제 그만 가지."

독고월이 손가락으로 권야의 이마를 밀었다.

주욱.

고개가 뒤로 밀린 권야는 모멸감을 느꼈지만, 더 이상 버티질 못했다. 상체와 하체가 분리되면서 혼과 백도 함께 분리된 것이다.

털썩!

땅 위에 나뒹구는 권야의 상체에서 피가 콸콸 쏟아졌다.

피 웅덩이가 만들어지는 걸 보면서 독고월이 신형을 돌렸다.

"이젠 어쩐다냐."

뒤는 생각 안 하고 너무 기분 냈다.

第 2 章

第 2 章.

1

초절정 무인과의 첫 대결.

그 결과가 다소 싱거운 건 사실이었다. 하지만 독고월은 잘 알았다. 만약 권야가 허를 찔리지 않았다면, 이런 결과가 나오지 않았을 거란 걸.

생소한 무공과 외의에 의외를 더한 막무가내 공격방법도 한몫 거들었다.

혼을 다 빼놓는 육도낙월의 제삼도 망월이 실초를 가장한 허초일 줄은 상상조차 못했으리라.

독고월은 섬전행을 펼칠 여분의 진기를 진즉 남겨둔 상태였다.

"그나저나 망월을 도중에 끊었다고 해도, 놈에게 이리

쉽게 막힐 줄이야. 초절정이란 이름값은 하는군. 이 한 수
가 먹히지 않았다면 위험했겠어."

당황하지 않고 생각했던 대로 허를 찌른 것이 주효했다.

독고월의 섬전행.

망월의 여력을 없애느라 정신없던 권야에게 일격을 먹
이기엔 충분하였다. 그리고 한 방 먹인 결과가 눈앞에 펼
쳐져 있었다.

상 하체가 분리된 권야.

만약 이 변칙적인 한 수가 먹히지 않았다면 결과는 어찌
됐을까?

독고월의 머릿속에 죽어가던 남궁일의 모습이 떠올랐
다.

어쩌면 독고월, 자신일지도 모른다. 섬전행을 펼쳐 사지
로 뛰어든 여파로 독고월은 내상을 입은 상태였다.

"후우."

독고월이 옅은 한숨을 흘렸다. 흑야란 단체의 강함이 피
부로 와 닿아서다.

십이야 중 말석인 자의 실력이 이 정도인데, 남은 십일
야는 어떻겠고, 그들이 충성을 바치는 대상인 야주(夜主)
란 인물의 실력은 또 어떻겠나? 거기다 그들이 암중에서
일군 세력은 어떻고.

"개나 소나 초절정이구만. 어딘가의 맹주들 따위나 마

교의 교주 나부랭이야 그렇다 쳐도. 얘 낸 뭐야?"

전설의 경지란 말이 무색하다.

이들보다 강해져야 한다. 은거하는 것도 하나의 방편이지만, 독고월은 그러고 싶지 않았다. 물론 그러기 위해선 절대적인 무위가 필요하다.

못해도 제오도인 섬월(纖月)까지 익혀야 흑야와 맞상대를 할 수 있을성싶었다. 지금의 실력으로는 계란으로 바위치는 격이었다.

궁금증을 풀기 위해 초난희를 찾고자 하니 가로막은 산이 너무 크다. 실력을 더 키워야만 오를 수 있는 산이다.

기로에 선 독고월은 선택해야 했다.

실력을 더욱 키워서 흑야와 대적하느냐. 아니면 이대로 초난희고 뭐고 다 때려치우고 은거하느냐로.

전자는 이 강호에 제대로 얽혀서 죽음을 담보로 날뛰는 거고.

후자는 비겁한데다 평생을 도망자로 숨어 살아야 한다. 한데 이젠 그마저도 쉽지 않았다. 흑야와 확실한 원한관계를 맺어서다.

아니지.

처음부터 원한관계는 맺어져 있었다.

독고월의 본능이 속삭인다. 남궁일의 죽음에 초난희는 물론, 흑야가 밀접하게 연루되어 있다고 말이다. 그들이 괜히 화전민촌 참사를 주도한 게 아니었다.

흑야와의 일전은 피할 수 없다.

골치 아프다.

처음부터 이곳에 오면 안 됐다. 한데 흑야의 분타나 다름없는 곳을 쓸어버렸다. 말 그대로 초토화시킨 것도 모자라, 회유하려고 온 장로 같은 고위급 인물을 썰어버렸다.

"아이구, 내 팔자야. 어쩌자고 그런 이상한 계집애를 알게 돼서."

이젠 돌이킬 수 없다.

초난희 고 계집애를 만난 뒤부터 되는 일이 없다.

이 복잡하게 꼬인 상황을 해결하는 방법은 단 하나.

일단은 초난희의 스승을 찾는다.

한데 과연 그 행방을 아는 인물이 있을까?

딱.

갑작스레 떠오른 인물에 독고월이 검지와 엄지를 맞부딪쳤다. 어쩌면 지금 상황에서 유일하게 알고 있는 인물일 수도 있겠다.

스승이란 작자를 찾으면 자연히 초난희의 행방도 알게 될 터.

유유자적하게 강호를 주유하려고 했던 야무진 꿈은 박살이 났다. 이 모든 게 초난희 때문이다. 고 계집애를 만난 뒤부터 되는 일이 없었다.

"꼭 살아있어라. 이 귀신같은 계집……."

웅성웅성.

산 언저리에서 소란이 느껴졌다. 어수선한 인기척을 보아 강호인은 아니었다. 한밤의 굉음에 놀라 출동한 관병인 듯했다.

횃불이 폐허가 된 장원주위로 몰려들고 있었다.

획.

독고월의 신형이 바람 앞에 훅 꺼진 촛불처럼 사라졌다.

관병들이 장원이었던 곳에 들이닥쳤다.

곧 관병들이 토악질하는 소리가 산허리에 울려 퍼졌다.

그리고.

장원을 내려다보는 은밀한 눈길도 거둬졌다. 줄곧 지켜보고 있던 그녀는 십이야 중 하나인 은야(隱夜)란 인물이었다.

은야의 눈빛이 살짝 흔들렸다. 권야가 혼자서도 충분하다고 고집을 부려서, 나서지 않은 일이었다. 한데 호언장담한 권야가 이리 손쉽게 당하다니. 워낙 찰나에 벌어진 일이기도 했으나 남궁세가의 무공이 아닌, 괴이 신랄한 무공을 쓸 줄은 몰랐다.

호언장담을 한 권야가 허를 찔리는 건 그래서였다.

자기가 평생을 익힌 남궁세가의 무공이 아닌, 천구패의 무공을 쓸 줄이야.

육도낙월과 섬전행으로 알려진 천구패의 무공들.

아무래도 저평가된 것 같았다.

언뜻 본 바로는 야주가 익힌 신공에 버금가는 듯했다. 당연히 야주에겐 안 되겠지만, 기인 천구패의 무공이 대단한 건 변함없는 사실이었다.

"어쨌든 회유는 물 건너갔네."

은야가 한숨을 내쉬었다. 잠시 밤하늘을 올려다본 그녀가 고개를 가로저으며 신형을 돌리려던 그때!

"글쎄."

"……!"

뒤에서 들려온 목소리에 은야는 기함했다. 등골이 오싹해졌다. 나지막한 목소리의 주인이 누군지 알만해서다.

권야를 죽인 독고월.

바로 그였다.

관병들의 소란 때문에 주위를 살피는 기감이 흐트러졌다고 하나, 그녀답지 않은 실수다. 은야는 놀란 내색을 숨기며 신형을 천천히 돌렸다.

그는 열 걸음 정도 떨어진 곳에서 나무에 등을 기대고 있었다.

"지켜보고 있는 걸 어떻게 알았죠?"

"일종의 경험과 감이지. 꿍꿍이가 많은 집단은 정보수집을 게을리 하지 않는 법이니까. 지켜보는 눈이 있을 줄 알았는데, 이렇게 큰 월척이 걸려들 줄이야."

"마치 다 잡은 것처럼 말하는데, 너무 오만방자하군요. 권야처럼 쉽게 생각하면 오산이에요. 미리 말하지만 난 그보다 강해요."

은야가 허리춤을 양손으로 짚었다. 착 달라붙는 야의 덕에 농익은 여인의 몸매가 더욱 강조됐다.

그 매력적인 몸매에 방심했다간 목이 잘린다.

자연스럽게 허리춤의 쌍연검을 잡은 은야의 양손이 그리 말해줬다.

"후후."

독고월의 입꼬리가 살짝 올라갔다.

어둑한 달빛 아래 조소를 그리는 그의 모습이 제법 멋지다고 생각한 은야였지만, 경험 많은 그녀가 흔들릴 리 만무했다.

살수의 최고봉이라는 특급살수.

그 최고 중의 최고가 은야였다.

작정하고 숨는다면 그라도 찾기 어려울 것이다. 비록 그녀가 실수하는 인간일지언정, 같은 실수를 반복할 정도로 멍청하진 않았다.

은야는 권야처럼 당하지 않을 자신이 있었다. 그리고 눈앞의 사내는 내상까지 입은 상태였다.

권야와의 일전에 소모된 내력을 채우지 못한 지금이 적

기였다.

일촉즉발의 상황.

"싸우자고 찾아온 건 아니니 이쯤하고."

독고월이 공수를 들어 보였다.

그럼에도 은야는 자세를 풀지 않았다. 당장에라도 출수할 듯이 암암리에 내공까지 끌어올렸다.

"그럼 무슨 용무로 다시 찾아왔죠?"

잔뜩 경계하는 모양새가 도둑고양이 같다는 생각을 한 독고월이었다.

"조건이 있다."

"조건? 그게 무슨 소리죠?"

"물론 내가 너희와 돌이킬 수 없는 강을 건넌 건 사실이나, 내 조건을 충족시키면 약간의 협조를 해주겠단 이야기지. 좋은 게 좋은 거잖아."

"협조라니, 우리가 우습게 보여도 너무 우습게 보였군요. 권야를 죽인 마당에 '네, 알겠어요.' 라고 할 줄 알았나요?"

스르르.

은야가 낭창낭창한 쌍연검을 빼들었다.

독고월은 여전히 유들유들한 태도였다.

"권야란 얼치기를 죽게 놔둔 실책을 무마시킬 수 있다면, 내 목을 가져가는 것보다는 나은 일이지 않느냐?"

"……."

야주를 실망하게 하는 건 싫은 그녀였다. 일단은 들어보는 것도 나쁘지 않을 것 같았다. 조건이란 게 마음에 안 들면 죽이면 그만이니.

독고월이 그 살기를 읽고는 피식 웃었다.

"조건이 해결되면 네놈들이 바라는 협조를 해주겠다. 이건 정말 큰맘 먹은 거라고."

"해서 그 조건이 뭔데요?"

은야의 눈빛이 날카로워졌다.

독고월이 히죽 웃었다.

"초난희, 그녀를 내게 데려와라."

"뭐라고요?"

"시체라도 상관없지만, 장원에서처럼 멍청한 대역은 안 돼. 설마 멍청한 짓을 두 번이나 반복할 정도로 머리에 똥만 찬 건 아니겠지?"

은야는 입을 다물 수밖에 없었다. 대역을 내세우자는 의견을 낸 게 그녀였기 때문이었다.

2

독고월은 홀로 걸었다. 은야의 가부를 듣지 않고 바로

길을 나선 것이다.

죽은 권야의 말대로 치료를 받고 있다면 초난희를 데려올 거고, 그렇지 못하면 초난희의 행방을 흑야도 모른다는 증거가 되어줄 거다.

내상을 입은 독고월이 위험을 불사하고, 은야 앞에 모습을 드러냈다. 거기다 흑야의 대답 여하에 따라 협조 여부를 결정하겠다는 뜻까지 피력했고.

흑야와의 연수에 긍정적이다는 생각을 심어준 것이다. 기한을 정하지 않은 건, 약간의 시간을 벌기 위해서였다.

이제 흑야가 어떻게 나올지 지켜봐야 할 때다.

비록 초난희의 대역을 투입한 웃기지도 않은 짓거리와 시체라도 가져오라는 말에 보인 반응을 종합해보면.

흑야도 초난희의 행방을 모르고 있었다. 살았는지 죽었는지도 말이다.

만약 안다면 시체라도 가져오라는 말에 반응을 보였을 터.

은야는 평정을 가장했지만, 확답을 주진 않았다.

그렇기에.

일단은 초난희가 죽었든 살았든 당장은 신경 쓰지 않기로 한다. 독고월이 겪은 화전민촌에서의 기이한 경험도, 초난희의 행방 모두!

초난희의 스승이란 작자를 만나면 해결될 일이었다.

독고월이 밤하늘을 올려다봤다.

중천에 뜬 반월이 보인다.

달을 가리키며 지껄이던 서문평의 모습이 절로 떠올랐다. 초난희가 스승을 찾는 단서를 남겨뒀을 가능성이 제일 큰 녀석이었다. 귀찮은 녀석들에게 돌아가야 할 만한 이유가 생긴 것이다.

"후우."

독고월도 지쳤는지 한숨을 내쉬었다.

장원에 가기 전까지만 해도, 고웅과 막수만 빠르게 처리하고 떠날 생각밖에 없었는데, 흑야와의 접점이 생기고 말았다. 그리고 흑야도 이미 독고월—정확히는 죽은 남궁일—의 존재를 알고 있었다. 가만히 지켜볼 리 만무하다.

한 마디로 독고월이 원하든 원치 않든.

흑야는 그를 한편으로 끌어들이려고 하거나, 제거하려 할 것이 분명했다.

마음만 먹으면 심산유곡에 숨어 영영 안 나올 수도 있고, 먼 곳으로 도피하는 것도 가능하다.

강호를 아예 등지고 평생 도망만 다녀야 하는 삶이 그려진다.

유유자적한 삶을 살려는 독고월이 이를 받아들일 수 있을까?

"당연히 아니지."

사납게 웃은 독고월이 어두운 밤하늘을 올려다봤다.

만약 원하는 대답이 아니라면, 흑야와의 전면전은 시작될 것이다. 물론 그 전면전에서 살아남기 위해선 압도적인 힘은 필수였다.

독고월의 머릿속에 권야와 은야가 번갈아 떠올랐다. 일견하기엔 독고월과 같은 경지인 초절정 무인들이었다.

겨루어본 결과.

만약 권야가 방심하지 않고 은야가 도왔다면, 십중팔구 독고월의 필패(必敗)가 그려진다. 한데 그런 권야가 야주를 입에 올릴 때 두려워했다. 자그마치 초절정 무인이 말이다.

야주는 초절정을 뛰어넘는 절대강자란 소리일까?

독고월은 피식 웃었다. 과장이란 생각이 들어서 웃은 게 아니었다. 무공으로 끝장을 볼 생각이 없다고 해도, 독고월도 어쩔 수 없는 사내인가 보다.

야주란 초강자가 있단 소리를 들으니.

호승심이 절로 피어오른다. 그런 자가 자신을 죽이러 올 수도 있었다. 강해져야 할 이유가 생겼다.

독고월은 보다 강해지는 방법을 떠올려봤다.

익히고 있는 섬전행과 월광심법, 그리고 육도낙월의 대성.

수박 겉핥기식으로 익힌 무공을 완전하게 만들어야 했다.

가능할까?

독고월의 고개가 가로저어졌다. 아무리 깨달음을 얻어 탈태환골한 독고월이라고 해도 천구패의 무공들은 난해하기 그지없었다. 천재라고 칭송받던 남궁일의 두뇌인데도 이해하기 어려울 정도였다.

즉, 피나는 수련과 오랜 참오(參伍)를 통해 대성이 가능하단 소리겠다.

그말은 심산유곡에 틀어박혀 미친놈처럼 수련만 해야 하는데.

"……!"

독고월은 생각만으로도 치가 떨리는 걸 느꼈다. 셋방살이나 하던 기생령이었다. 물론 남궁일의 안에 존재했을 때, 수많은 경험을 하긴 했다. 하지만 그건 독고월의 것이 아니었다.

남궁일, 그 도적놈이 겪은 일이지.

잠자기도 아까운 시간을, 평생을 무공수련에만 바칠 생각은 없었다.

육도낙월의 제오도인 섬월까지 익혔다는 천구패.

천하제일도란 칭호를 얻고 독보강호했다. 그 말은 적어도 독고월이 독보강호하려면, 최소한 섬월까진 익혀야 한다는 소리다.

물론 제삼도인 망월도 완벽하게 펼칠 수 없는데, 제오도 섬월을?

"언감생심 꿈도 못 꿀 일……!"

중얼거리던 독고월이 말을 멈췄다. 천구패가 남긴 비급에 쓰여있던 글귀가 떠올라서다.

안 되면 되게 하라.

이 글귀가 의미하는 바가 뭘까?

독고월은 번뜩이는 묘안에 미소를 지었다.

제오도인 섬월.

어마어마한 내공이라면, 우격다짐으로 가능하지 않을까?

완전한 무공이 아니기에 위력은 절반도 되지 않겠지만, 비슷하게 흉내는 낼 수 있을 터였다. 미봉책이라고 해도, 한시가 급한 이때엔 이보다 적절한 대책은 없다.

하여 내린 결론은 간단했다.

바로 흉내내기.

그런데 결정적인 문제가 발생했다.

바로 섬월을 우격다짐으로 펼치는 데 필요한 '어마어마한 내공'이겠다.

독고월이 펼칠 수 있는 건 제삼도 망월까지, 그나마 완벽하지 않은데도 내공소모가 대단했다. 이 갑자 내공인데도 말이다.

그렇다면 못해도 삼 갑자 아니, 사 갑자는 되어야 제오도 섬월을 흉내라도 낼 수 있지 않을까?

이 갑자.

약 백이십 년의 내공이 더 필요하단 소리인데.

"말도 안 돼."

독고월의 고개가 절로 저어졌다.

월광심법을 정수리에 짠내나도록 운기 한다 해도, 짧은 시간으론 죽었다 깨나도 불가능한 일이었다. 전가의 보도나 다름없는 월광심법인데도 말이다.

획기적인 수단이 필요했다.

당연히 독고월은 그 획기적인 수단을 알고 있었다.

백년하수오와 천년설삼, 전설의 만년금구 내단과 같은 희대의 영약들을 한꺼번에 복용하는 것이었다.

그거라면 가능하다.

하지만.

"이거 마교나 흑도맹의 비밀보고라도 털어야 하나?"

독고월의 중얼거림 속에 담긴 허황함이란.

굳이 필설로 형용할 필요가 없으리라.

3

"......."

독고월은 말문을 잃었다. 앞에 놓인 호화로운 목곽과 아름다운 미녀 때문이었다. 궁하면 통한다는 말이 절로 생각났다.

스스로 흑화 중 일화라라고 밝힌 여인이 입술을 나풀거리고 있었다.

"…해서 저희 맹으로 오시면 흑신단과 무림제일미를 취하시는 건 물론 집법원주 즉, 흑도맹의 이인자 자리를 얻게 되시는 거죠."

화사하게 미소 짓는 일화.

비록 옆에 있는 무림제일미 임지약에게 빛이 바래나, 아름다운 건 사실이었다. 사내라면 응당 호감이 가고도 남았다.

독고월의 표정은 변함이 없었다.

웃고 있는 일화였지만, 내심 초조했다.

조사한 대로라면 독고월의 성향은 정파보다 사파 쪽에 가까웠다.

무림맹에 발을 담그려던 냉가장을 풍비박산 내지 않았나.

자고로 무인은 미인과 영단을 마다치 않는 법이다. 그것도 천하제일미와 전설의 대환단에 버금가는 영단이면 더더욱.

인간 만사 새옹지마(塞翁之馬)라지만.

"이것 참."

팔짱을 낀 독고월은 바로 전 상황을 떠올렸다.

서문평이 머무는 객잔에 발을 디디기 전.

들려온 은밀한 전음에 독고월은 방향을 바꿨다. 그리하여 온 곳이 화려한 전각으로 지어진 기루였는데.

설마 흑도맹에서 영입을 제안할 줄은 꿈에도 몰랐다. 게다가 흑도맹에도 네 알밖에 없다는 영단인 흑신단과 함께 말이다.

자연히 독고월의 침묵이 길어질 수밖에 없었다.

임지약은 새삼 눈앞의 독고월이 다시 보였다. 그저 잘나가는 후기지수라고 여겼다. 그녀는 무림 정세에 어두운 편이어서, 흑도맹이 흑신단으로 영입하려는 이유가 젊음이 가진 가능성 때문이라 생각했었다.

흑도맹의 흑화가 이리 저자세로 나갈 정도라면 가치가 큰 무인이다.

임지약은 입가에 매력적인 미소를 머금었다.

"혹 제가 마음에 드시질 않으십니까?"

작약 같은 입술을 나풀대자 옥구슬이 굴러가는 목소리

가 들려왔다.

응당 사내라면 시선이 절로 끌려야 하나, 독고월은 아니었다.

"넌 됐고. 일화라고 했느냐?"

"……!"

"……!"

두 여인의 눈이 크게 떠졌다.

임지약은 모멸감으로, 일화는 당황으로.

임지약을 상대조차 안 하는 사내는 처음이었다. 너무 목석같이 구니 일화가 놀랄 수밖에 없었다.

사내들이 임지약에게 어떤 반응을 보이는지 익히 봐오지 않았던가.

독고월이 인상을 그었다.

"귓구멍이 막혔느냐?"

일화가 얼른 대답했다.

"아, 죄송해요. 너무 의외라서… 달리 원하는 게 있으신가요?"

일화는 혹 자신이 마음에 든 건가 싶었다. 괜한 가슴이 쿵쾅거렸지만, 곧 쓴웃음을 머금어야했다.

"흑신단 두 알이라면 생각해보지."

욕심도 많다.

하나만으로도 강호에 난리가 나는데, 자그마치 두 개란

다.

"만금을 줘도 살 수 없는 물건인지라."

일화가 살짝 머뭇거렸다. 흑도맹주에게 전권을 위임받은 그녀라면 가능한 일이지만, 단번에 결정하기엔 무리가 있었다. 시간을 끌어서 조바심이 나게 해야 했다.

독고월이 조소를 흘렸다.

"난 만금을 줘서 살 수 있고?"

"……."

일화는 침묵했다. 맞는 말이었다. 하지만 미인과 영단으로 회유하려는 입장에선 살 수 있어야 한다.

그도 영단 두 개라면 가능하다는 여지를 남기지 않았나.

안타깝지만, 임지약의 역할은 끝났다.

일화가 슬쩍 옆을 돌아봤다.

꾸욱.

임지약이 가녀린 손가락으로 옷자락을 말아쥐고 있었다.

모름지기 사내라면, 임지약에게서 시선을 떼지 못해야 했다. 그 정도로 그녀는 눈이 부셨다. 아미가 하늘로 치켜 올라가고, 도톰한 입술을 꾸욱 깨문 모습조차도 감탄이 절로 나왔다.

같은 여인인 일화가 봐도 반할 미모였다.

한데 독고월은 일말의 시선조차 주지 않았다. 오직 일화만 바라봤다. 정확히는 일화 앞에 놓인 흑신단에 눈을 떼지 않았다.

임지약은 흑신단만 원하는 그의 모습에 절망했다. 그는 자신에게 정말 관심이 없었다.

"나가 봐."

일화의 축객령에 임지약은 낭패한 얼굴로 물러났다.

탁.

문이 닫히자 적막감이 흘렀다.

독고월이 자리를 털고 일어났다.

"싫다면 못들은 걸로 하지."

"……!"

일화가 당황하는 사이, 독고월의 신형이 내실의 출구 쪽으로 향했다. 단호한 모습이었다.

그때였다.

걸쭉한 웃음소리가 독고월의 관심을 잡아끌었다.

"허허허!"

독고월의 시선이 내실의 옆문 쪽으로 향했다.

드르륵.

옆문이 열리자, 덩치에 안 어울리는 소도(小刀)를 허리춤에 찬 이가 나왔다.

흑도맹주 사도명.

그가 직접 나선 것이다.

4

흑도맹주가 직접 나서는 것은 격에 맞지 않는 일이라고 수하들이 만류했다. 수하들 보는 눈도 있고 해서 물러나 있었는데, 독고월의 심드렁한 눈빛이 보였다.

처음부터 놈은 자신이 이곳에 머물러 있음을 알고 있었다.

난 놈은 난 놈이다.

이 기루엔 흑도맹의 정예가 포진해 있었다. 놈을 죽이는 건 어렵지 않았다.

이 사실을 몰랐을 리는 만무한데.

허리춤에 가있는 놈의 손만 봐도 일전을 불사하고도 남았을 의지가 느껴진다.

"맹주님! 어찌 이런 누추한 곳에 말씀도 없이 오셨습니까?"

일화가 얼른 부복했다. 마치 몰랐다는 듯이 당황한 태도였다. 누구보다 만류한 사람이 그녀다.

여우가 따로 없지.

사도명이 손사래를 쳤다.

"연극은 그쯤 하면 됐고. 반갑군, 내가 바로 그 유명한 사도명이지."

사도명의 태도에 일화는 기함을 했다.

맹을 이끄는 수장으로서 너무 가볍다고 전음까지 보냈으나, 사도명은 눈 하나 깜짝하지 않았다.

일화는 눈을 샐쭉하게 뜰 새도 없었다. 이어진 독고월의 말 때문이었다.

"내 소개를 따로 할 필요는 없겠지."

일화는 물론 주위에 포진해있던 수하들도 경악했다.

하면 당사자인 흑도맹주 사도명은 어떻겠나.

"허허!"

어처구니없다는 듯이 헛웃음을 터트리고 있었다.

주위에서 살기가 불길처럼 일어났다. 도저히 그냥 보아넘길 수 없었다. 줄곧 호의적이던 일화마저 눈에 살기를 담을 정도였다.

"이런 어처구니없는 새끼 보게? 누구한테 말이 반 토막이야?"

사도명이 건들거리며 다가왔다. 시정잡배처럼 아래위로 독고월을 훑어봤다. 인상을 있는 대로 쓰면서 이어 말했다.

"이게 인생의 끝장을 보고 싶어 안달이라도……!"

"그럼 흑신단 두 알 주던가. 내가 수하도 아니고."

독고월이 막무가내로 굴었다.

기다렸다는 듯이 주위에 은신해있던 고수들이 모습을 드러냈다.

하나같이 절정 중의 절정인 최절정 고수들이었다.

숫자만 열댓 명인데 거기서 끝이 아니었다.

문 한쪽이 열리면서 흑화들까지 등장했다. 그녀들 또한 앞서 등장한 고수들만큼 강했다. 일화도 그녀들처럼 기세를 끌어올렸다.

분위기는 팽팽하게 당겨진 활시위와 같았다.

그럼에도 불구하고.

독고월은 월광도를 잡으며 혼잣말로 뇌까렸다.

"해보자는 거지? 하나 빼곤 다 죽은 줄 알아라."

참으로 광오한 자다.

일화는 그리 생각하며 사도명의 신호만 기다렸다. 이대로 보아넘길 순 없었다. 대세를 생각하면 독고월을 회유해야 했다.

맹주에 대한 무례는 일벌백계로 다스려야 한다.

하지만 기루엔 괴괴한 침묵만이 흘렀다.

"모두 물러가."

들려온 목소리에 모두가 움찔했다. 말한 당사자가 사도명이어서다.

"하오나……!"

일화가 뭔가 더 첨언하려고 했지만, 사도명이 눈을 희번덕거렸다.

"지금 내 말에 토를 다는 게 너희도 날 무시하는 걸로 여기면 되나?"

흑도맹의 정예들이 일제히 부복했다.

쨍그랑!

그들이 든 검이 땅에 떨어졌다.

"죽여주십시오!"

하나같이 울분에 찬 외침이었다.

사도명은 그들에게서 시선을 거둬 독고월을 바라봤다.

"어이, 똥오줌 분간 못 하는 애송이."

"……."

돌아오는 대답이 없자 사도명이 주먹을 들어보였다.

"아무리 이 강호에 도리가 없어도, 지켜야 할 법도라는 게 있는데 말이야. 네놈 앞에 있는 내가 누군지 감이 안 잡혀?"

독고월이 피식 웃었다.

"뒷골목에서 방귀깨나 뀌던 작자지. 그리고 지금은 무림맹과 마교 사이에서 얕보이지 않기 위해 똥오줌 분간 못 하는 애송이를 영입하려는 작자로 보이고."

"허어!"

사도명은 기가 찼다.

독고월의 말은 끝나지 않았다.

"그리고 말이 나와서 말인데, 흑도가 무슨 법도를 찾아? 흑도면 흑도답게 힘으로 꿇려봐. 이것저것 계집애처럼 재지 말고. 기껏 나랑 나이 놀음, 서열 놀음하자고 무거운 엉

第 3 章.

第 3 章.

1

인적이 없는 숲 속에서 둘이 마주 보고 섰다.

직접 나선 건 무료하기도 했고, 독고월이란 놈에게 강한 호기심을 느껴서였다.

고수는 고수를 알아본다고.

독고월이란 놈은 철모르고 날뛰는 애송이가 아니었다. 적어도 사도명이 보기에는 속에 능구렁이 수백을 품고 있는 놈이었다.

원래 꿍꿍이가 있는 인물을 경멸하는 사도명이지만, 느긋이 서 있는 독고월을 보는 눈엔 그런 감정이 일절 없었다.

"희한한 놈일세. 네 상대는 흑도맹주다. 이 귀한 용안에

생채기 하나라도 나면 입에 거품을 물고 달려들 애들이 한 무더기라고."

독고월은 피식 웃었다.

사도명이 가자미눈을 떴다.

"또 웃어? 이 자식이 누굴 동네 바보로 아나. 내가 그렇게 웃겨? 흑도맹주 사도명이 웃기냐고 인마!"

"이젠 검이 아닌 입으로 논하는 경지라지만, 객쩍은 소린 이쯤하고 시작하지."

"객쩍은 소리? 뚫린 입이라고 말 함부로 하지!"

사도명이 독고월을 향해 눈알을 부라렸지만, 별 이견은 없는지 애병 소도를 잡았다.

참으로 어울리지 않는 무기였지만, 독고월은 그 무서움을 누구보다 잘 알았다.

강호에 온갖 패악을 일삼던 전임 흑도맹주를 갈가리 찢어버린 사람이 눈앞의 사도명이었다.

─불알 두 쪽 달고 나와 하는 짓이 고작 철밥통 지키기요? 고인 물이 되어 썩어갈 바엔 아예 갈아엎겠소.

야망을 숨기지 않은 사도명과 강호를 삼분하는 세력에 만족하는 전임맹주의 일전.

승리한 자는 당연히 눈앞의 사도명이었다.

당시 그때를 목격했던 자들은 하나같이 미친개가 따로 없었다고 고개를 흔들었다. 어떻게든 물고 늘어지는데 나중엔 전임맹주가 제발 자리를 내줄 테니 그만하자고 사정했다고 한다.

물론 사도명은 권력을 잡은 자의 속성을 누구보다 잘 알았다.

—구차하게 돼지처럼 살아 뭣해? 그냥 돼지시지!

소도필살(小刀必殺).

소도를 보이면 반드시 죽인다는 별호가 생긴 것도 그때였다.

"내 별호 알지? 아까운 놈 죽이긴 싫으니 이쯤에서 수그리는 건 어때? 나 아직 날 안 보였다?"

그러면서 사도명은 소도에서 손을 뗐다.

"후후."

오늘따라 독고월은 그답지 않게 웃음만 흘렸다.

사도명은 또 웃어? 라며 인상을 썼으나, 독고월이 싫지 않은 듯했다.

사도명이 가늠하기 어려운 인물이라던 소문은 헛소리였다. 겉과 속이 똑같고, 남의 시선을 신경 쓰지 않고 제멋대로 사는 인물이었다.

"마음에도 없는 소리 이쯤하고 시작하지."

독고월이 월광도를 빼어 들어 겨눴다.

사도명은 아까운 마음이 가시지 않는지 소도를 뽑아들길 주저했다.

그런 주저함을 날려버린 건 독고월이었다.

"과공은 비례라했으니!"

쉬익.

월광도를 그대로 내리그으며 달려들었다.

"이런 경황없는 새끼를 봤나."

스륵!

기어코 사도명이 소도를 빼어 들었다.

쩌엉—

월광도와 소도가 맞부딪치며 불꽃이 튀었다. 도신을 타고 전해지는 묵직함에 서로 마주 웃었다.

그리곤.

쾅쾅쾅쾅!

마치 관군의 화포가 바로 앞에서 터지는 듯했다.

묵직하게 휘둘린 월광도에 담긴 내력과 소도의 담긴 내력이 부딪쳐 생긴 굉음이었다.

일견하기에 상대적으로 짧은 소도가 불리해 보였다.

그러나 사도명에게 병기의 길이 따윈 무의미했다. 단병의 이점을 살리고도 남을 실력이 그에겐 있었다.

쉬쉬쉬쉬쉭!

기함할 정도로 빠른 칼질이 이어졌다.

소도가 열린 독고월의 가슴팍을 순식간에 찍어버리는 듯했다.

독고월은 월광도를 한 바퀴 휘돌렸다.

따다다당당!

빛살같이 달려들던 소도가 불꽃과 함께 퉁겨진다.

"그래야지, 그래야 재밌지!"

사도명이 사납게 웃었다.

쾅— 쾅—

도들이 맞부딪치며 거센 굉음이 연달아 터졌다.

순식간에 수십 합을 교환했다.

후우웅!

월광도를 내리긋던 독고월은 깨달았다. 자신이 사도명에 비해 반수 쳐지고 있다는 사실을.

같은 초절정 경지라고 해도 사도명은 수많은 사선을 넘나들어 완성된 고수였다.

피의 숙청.

전임맹주의 심복들인 쟁쟁한 고수들을 모두 제 손으로 제거하지 않았나.

독고월 아니, 남궁일이 걸어온 길과 전혀 상반된 인물.

그 진가는 생사결에서 여지없이 발휘됐다.

끼가가가각!

소도가 독고월이 내지른 월광도의 도신을 타고 올랐다. 쇠를 긁는 소리에 소름이 돋았지만, 단숨에 목젖을 찔러오는 도첨에 등골이 절로 서늘해졌다.

독고월은 목을 젖혀 피하는 대신 월광도를 들어 방어했다.

깡!

소도가 튕겨져나갔고, 독고월은 그 틈을 타 퇴법을 펼쳤다. 목적지는 사도명의 복부다.

파앙!

사도명이 가볍게 남은 팔을 들어 방어했다. 발을 방어한 팔이 얼얼했지만, 피해는 전무했다.

독고월이 거리를 벌리기 위해 한 공격에 당하면 맹주란 직함이 운다.

사도명이 이죽거렸다.

"역시 재밌단 말이야. 하지만 등골이 오싹할 정도는 아니야. 내 네놈이 마음에 들어서 하는 말인데, 여기서 그만하자고 해도 욕하진 않으마. 내상 입은⋯⋯!"

"이번 공격은 오한이 들거라 장담하지."

독고월의 호언에 말이 잘린 사도명이었다. 하지만 히죽 웃는 것이 마음에 적잖이 들었나 보다.

"응당 사내라면 그래야지, 암! 그래도 죽을 수도 있으니까 다시 한 번 생각해……!"

독고월의 하얀 이가 슬쩍 보이는 순간!

우르릉!

귓전을 때리는 날벼락 소리가 들렸을 때까지만 해도 사도명은 여유로웠고.

무인의 감으로 반사적으로 소도를 들어 가슴을 방어할 때까지만 해도 뭔가 싶었다.

쩌어어엉—

그리고 온몸을 관통하는 엄청난 충격에 하마터면 정신줄을 놓아버릴 뻔했다.

"커헉!"

주르륵— 밀려나는 와중에도 양다리에 힘을 줘 겨우 버틴 사도명이었다. 얼빠진 자신의 표정을 보고 웃고 있는 독고월에 머리카락이 곤두섰다.

"야 이 말하다가 급살맞을 새끼야! 말이 끝나면 와야지, 하마터면 주절대다가 유언도 못 남길 뻔했잖아!"

아직도 소도를 쥔 손이 충격으로 떨리고 있었다. 놈이 말 한대로 등골이 오싹해지다 못해 오한이 들었다.

설마 이런 한 수를 숨기고 있었을 줄이야.

독고월의 이번 기습은 정말이지 무서웠다.

하지만.

사도명은 얼얼한 손을 휘휘 돌리며 말했다.

"뭐 그래도 한 번 봤으니까. 이제 두 번은 안 통하는 거 알지?"

"……."

그건 섬전행을 펼친 독고월이 누구보다 잘 알았다.

이건 숫제 괴물이었다.

십이야 중 하나인 권야와는 다른 의미로 격이 있달까.

흑도맹주란 이름값이 제법이었다.

2

"이번엔 내 차례다."

두 번째 격돌은 사도명이 먼저였다.

쉬악!

땅을 박차자마자 소도가 섬전처럼 찔러 들어왔다.

사락.

고개를 틀어 가까스로 피했지만, 머리카락 몇 올이 잘리는 건 막을 수 없었다.

쉬쉬쉬쉭!

사도명의 공세는 연환격으로 이어졌다. 하나하나가 치명적이지 않은 것이 없었다. 단 한 수만 허용해도 요절할 사혈들이 소도의 종착지였다.

따다다당!

독고월은 월광도로 일일이 그걸 쳐냈다. 손쉽게 쳐내는 듯이 보였지만, 속이 울렁거릴 정도로 소도에 담긴 내력은 대단했다.

"핫!"

독고월은 드물게 기합소리까지 내며 도를 횡으로 그었다.

사도명이 훌쩍 뛰어올라 피했다. 그리곤 공중에 뜬 상태에서도 공격을 멈추지 않았다.

슈슈슈슈슉!

내려찍는 소도는 마치 소낙비가 떨어지는 것처럼 빈틈이 없어 보였다.

위로 도를 올려치던 독고월은 급히 신형을 눕혔다.

휘잉!

순간 얼굴 바로 위로 스쳐 지나가는 발차기.

위력적인 소도질은 허초였다.

"제법인데?"

사도명이 입꼬리 한쪽을 당겼다.

그게 꼴 보기 싫은 독고월은 누운 자세 그대로 발차기를 날렸다.

탓.

막 내려오던 사도명이 그 독고월의 퇴법을 디딤돌 삼았

다. 담긴 여력을 한 바퀴 휘돌아 해소하고는 가볍게 착지했다. 그러면서 소도를 독고월의 얼굴을 향해 연달아 찔렀다.

슈슈슈슉!

기민하기 그지없는 공격에 독고월은 땅을 디딘 발에 힘을 줬다. 독고월의 신형이 뒤쪽으로 공중제비를 돌았다.

"쳇!"

소도가 헛되이 허공을 갈랐다.

그 순간 사도명이 급히 허리를 꺾었다.

그의 목 바로 앞 치 앞을 월광도가 횡으로 그었다. 독고월이 공중제비를 도는 와중에 몸을 비틀어 공격한 것이다.

사도명은 진한 미소를 지었다.

"이쯤 되면 인정해야겠어."

"뭘?"

착지한 독고월이 기수식을 취하며 물었다.

사도명은 여전한 놈에 험악하게 인상을 그었지만, 그래도 싫은 티는 나지 않았다.

"이 사도명의 상대로 말이다."

"후우."

뭔 소리인가 했던 독고월이 쓴웃음을 머금었다. 이제부터 본격적으로 시작하겠단 소리로 들려서다.

내상을 입은 독고월이었다. 낼 수 있는 위력은 절반도

되지 않았다. 적어도 삼일은 꼬박 정양해야 내상을 치료할
수 있을 것 같았다.

그런 상태에서 사도명과 마주했다.

단전은 이제 거의 비어가고 있었다.

사도명이 생사결보다는 실력을 보는 수준에서 했기에
망정이지, 만약 죽자 사자 달려들었으면 독고월의 몸은 이
미 땅에 드러누웠다.

백척간두(百尺竿頭)에 선 위기상황이다.

사도명이 소도를 제 어깨에 댔다.

"운기조식할 시간을 주마."

"후회할 텐데?"

독고월의 되물음에 사도명이 인상을 일그러트렸다.

"장담하지. 내상을 치료해도 넌 안 돼, 나한테."

지금껏 독고월을 봐준 그였다.

독고월도 그걸 잘 알았다. 자신이 초절정 무인을 너무
우습게 봤음을 인정했다.

십이야의 일원인 권야의 허를 찔러 너무 손쉬운 승리를
얻었기에, 천구패의 무공이 너무나도 대단했기에.

독고월은 사도명을 가볍게 봤다. 오만했다. 독고월이 초
절정이란 경지에 오른 건 확실하나, 그 수준은 사도명에
비할 데가 아니었다.

권야를 죽인 건, 정말이지 천운이었다. 천구패의 절륜한

무공과 상대의 방심이 합쳐서 낸 행운이라고 인정해야 했
다.

밤하늘을 올려다봤다.

"하하하!"

독고월이 느닷없이 대소를 터트렸다.

사도명의 두 눈이 휘둥그레진다.

"갑자기 왜 쳐 웃고 그래? 죽음이 코앞에 닥치니 무서워
서 미쳤나?"

말하는 것 봐라.

자신보다 강하기에 저런 여유를 부리는 거다.

한참을 독고월은 배를 잡고 웃었다. 단전이 텅텅 비어서
그런지 아니면, 자신의 수준을 인정해서인지 속이 꽤나 후
련했다.

죽음이 코앞인데도 말이지.

별 해괴한 놈 다 보겠다는 표정을 짓고 있는 사도명은
강했다. 그의 말대로 온전한 상태로 붙었다고 해도 질 수
있다는 생각이 들 정도였다.

하지만.

이상하게도 월광도를 쥔 손아귀엔 힘이 빠지지 않았다.

지금 맞붙으면 필패인데도 절망보다 호승심이 피어올랐
다.

흐흐흐흐.

월광도가 이에 호응이라도 하듯이 울었다.

음산한 바람소리와 같았다.

사도명의 눈이 가늘어졌다. 척 보기에도 독고월이 든 월광도는 심상치 않았다.

"내 애도와 부딪칠 때부터 어째 심상치 않은 거라 짐작했는데, 그거 귀신 들린 칼이야."

느닷없는 말에 독고월이 월광도를 바라봤다. 달빛을 머금은 도신은 확실히 사람을 홀리는 무언가 있었다.

월광도를 유심히 보던 사도명의 말이 이어졌다.

"날이 없는 거무튀튀한 도라. 천하에 그런 요사스런 도는 많지 않지."

사도명은 내력을 알아본 듯이 의미심장한 표정을 지었다. 자신의 애병인 소도의 날에 손가락을 대었다.

스윽.

손가락에서 핏줄기가 터져 나와 도신을 타고 흘렀다.

소도에 피를 먹이는 행위는 마치 경건한 의식과 같았다.

"마지막으로 제안하지. 내 밑으로 들어오는 게 어때?"

"흑신단 두 알이면 생각은 해보지."

독고월은 그리 말하며 월광도를 머리 위로 들어 올렸다.

"과유불급이란 말이 있지. 흑신단 두 알은 불가하다."

"그럼 계속해야지."

"아깝군, 여기서 죽이기엔 말이야."

사도명은 진심으로 아까워했다. 운기조식을 하라는 자비까지 베풀었는데도, 독고월은 들은 척도 안 했다. 오히려 어서 오지 않고 뭐하냐는 듯이 기수식을 취할 뿐이었다.

참으로 어리석었다.

우습게도 그런 점이 사도명의 마음을 뒤흔들었다. 놈도 보는 눈이 있으니 알 것이다. 같은 초절정이라고 해도 엄연한 수준 차가 존재함을.

거기다 내력마저 달리고, 내상을 입은 상태다.

그렇지 않아도 강한 사도명이다. 내상을 입은 놈이라면, 백번을 싸워도 위태롭지 않았다.

"어리석은 놈, 그냥 고개 한 번 숙이면 될 것을."

사도명은 고개를 가로저었다. 독고월이 땅을 박차고 있어서다.

파앙!

쏜살같이 날아온 독고월의 얼굴이 확대됐다.

기생오라비 같은 사내를 혐오하는 사도명이었는데, 독고월은 아니었다. 사내다움이 물씬 풍겨 나오는 저놈이 꽤나 마음에 들었다.

월광도가 사도명을 찔러왔다.

휘익, 쾅―

사도명은 소도를 휘둘러 쳐냈다. 전심전력을 다하는 게

상대에 대한 도리임을 잘 알았다. 그래서 독고월의 휘청거리는 신형을 향해 소도를 빛살처럼 찔러갔다.

가슴팍에 피가 번지는 모습이 그려진다.

하지만 그건 사도명의 착각이었다.

독고월은 위로 튕겨져나간 월광도를 잡아끌었다.

땅!

월광도의 손잡이 소도의 날을 쳐낸 것이다. 대단한 반사신경에 이은 집중력이었다.

"아주 죽기 싫어 발악을 하는군. 보기 흉해."

"그럼 죽어주던지!"

사도명이 농을 건넸고, 독고월로서도 드물게 그 농을 받았다.

물론 듣는 사도명 입장에선 농이 아니었다.

"이런 되먹지 못한 새끼를 봤나!"

소도가 미친 듯이 휘둘렸고, 독고월은 그 소도를 집중해서 받아냈다.

억— 소리가 날 정도로 소도에 담긴 위력은 대단하다.

픽, 픽!

미처 막지 못한 소도의 날이 독고월의 살을 가르는 소리가 들려오기 시작했다.

3

벌써 백 초 넘게 공방을 나눴다. 사도명이 한 줌의 인정을 남긴 덕분이었다.

그래도 독고월의 몸은 자상으로 뒤덮여 있었다.

살을 가르고 흘러나오는 피에 혈인이 되어 있었다. 이젠 기력도 다했다.

"……."

문득 죽을 수도 있다는 사실이 두려웠다. 그래서 눈앞에 닥친 소도에 하마터면 몸이 굳을 뻔했다. 무의식적으로 고개를 꺾어 피한 건 천운이었다.

한 치(寸).

그 차이로 자신의 이마가 있던 자리를 꿰뚫은 소도였다.

죽음은 여전히 턱밑에 있었다.

소도가 궤도를 틀어 목젖을 찍어오고는 중이다.

영활한 변초 운용에 독고월의 목숨줄은 풍전등화였다.

사도명이 생각하기에도 그러했고, 독고월도 당연하다고 여겼다.

뭔가 이상했다.

귓전을 두들기며 요란하게 쿵쾅대던 심장이 멈춘 것처럼 고요하다.

이게 대체 무슨 일이지?

독고월의 머릿속에 든 생각이었다.

사도명이 찔러 오는 소도는 여전히 목젖을 노리는 중이다. 단박에 얇은 살가죽을 찢고 들어올 것만 같았다.

목이 갈리진 몰골로 쓰러지는 최후가 그려진다.

이것 참.

독고월은 죽음이 주는 두려움에 머리가 어떻게 됐나 싶었다. 눈에 띄게 보이는 소도의 경로를 보며 그대로 다리에 힘을 풀었다.

털썩.

독고월이 드러눕자 소도가 빛살처럼 내리꽂혔다.

푸욱!

끔찍한 파육음과 함께 피가 흩날려야 함이 마땅한데.

소도는 애꿎은 흙더미에 꽂혀 있었다.

독고월은 제 목 바로 반 치 옆에 박힌 소도를 흘끗 봤다. 그리곤 이게 무슨 짓이냐는 듯이 사도명을 바라보았다.

"그걸 피했어?"

오히려 사도명이 믿기지 않은 표정을 했다. 거의 아니, 확실하게 꽂아 넣었다.

독고월의 목을 찢고 들어가고도 남을 속도와 각도였으니까.

사도명이 가장 자신하는 한 수였는데, 놈은 피해냈다.

그제야 독고월도 사도명이 일부러 그런 것이 아님을 깨달았다.

"이게 대체 뭐지?"

독고월은 중얼거리면서 사도명과 눈을 마주쳤다.

둘 다 질세라 공격을 가했다.

이번엔 독고월이 빨랐다.

빠악—

무릎이 사도명의 어깨를 후려갈긴 것이다. 사도명은 박힌 소도를 빼는 것보다 막 주먹을 휘두르려던 찰나였다.

어깨를 허용해 신형이 밀렸다. 주먹이 빗나간 건 당연했다.

"크윽!"

사도명이 신음을 냈다.

그 찰나의 순간을 이용해 독고월이 몸을 벌떡 일으켰다.

쉭!

사도명이 소도로 독고월의 등을 찔렀다. 등을 보인 상태인지라 독고월은 보지 못할 기습적인 수였다. 사도명은 놈이 피할 거라 예상했다.

아니나 다를까.

휘익.

아주 살짝 신형을 흔들어 소도를 빗겨낸 독고월.

누가 보면 마치 합을 짠 것처럼 약속된 움직임과 같았다.

사도명은 놀랄 새가 없었다. 괴이한 회피능력을 선보인 독고월의 주먹이 얼굴로 들이닥쳐서다.

쩌억—

손을 펴 주먹을 막은 사도명의 미간이 찌푸려졌다. 내공이 전혀 담기지 않은 공격인데도 뼛속까지 울리는 무언가 있었다. 힘이 빠진 상태에서 극점으로 친 타격만이 가능한 위력이었다.

휘휘휘휙!

독고월이 계속해서 주먹을 휘둘렀다. 역시 담긴 내공은 없는데, 주먹에 담긴 위력을 경시할 순 없었다. 피하다가도 호신강기를 끌어올려 막았는데, 막은 부위가 얼얼했다.

지금까지 했던 공격에 비하면 단초로우나, 피하기는 어려운 해괴한 상황이었다.

만약 도를 들어 펼친다면 어떨까?

사도명의 그런 생각을 읽기라도 한 듯.

휘잉!

바람을 가르는 소리가 들려왔다. 독고월의 남은 손에 든 월광도가 일으킨 바람소리였다.

일견하기에 아무렇지 않은 칼질이었는데.

사도명은 어느 때보다 긴장했다. 소도를 들어 막고는 상대를 살피려는 순간!

쾅!

머릿속에 벼락이 친 것 같은 소리가 들려왔다. 소도를 통해 전해진 충격 덕분이었다.

"큭!"

처음으로 사도명의 입에서 당황 어린 신음이 흘러나왔다. 그 와중에도 사도명은 상대를 살피는 걸 게을리 하지 않았다. 그래서 알게 됐다.

몰아지경.

독고월의 무채색 눈빛이 말하는 바를 말이다.

생사를 넘나드는 와중에 몰아지경에 빠진다고? 그것도 사도명과 같은 초절정고수를 앞에 두고?

무공을 수련하다가 자신을 잊는 경우는 종종 있어도, 생사를 넘나드는 혈투에서 자신을 잊는 경우는 찾기 힘들었다.

잠깐의 틈으로도 죽음으로 직결되는 게 고수의 대결이다.

자신을 잊어버리고 싸울 여유가 있을까? 죽음이란 살 떨리는 공포를 앞에 두고서?

물론 사도명과 같은 고수들은 그럴 수 있었다. 하지만 말이 쉽지 종이 한 장 차이로 생사가 갈리는 지금 상황에서는 결코, 쉽지 않음을 알았다.

쾅, 쾅, 쾅!

연달아 폭음이 터지는 소리와 함께 사도명이 정신없이 밀렸다.

"맹주님!"

지켜보고 있던 일화가 나서려고 했다.

하지만 뒤돌아보는 사도명의 눈빛이 끔찍했다.

나서면 죽는다.

그 눈빛이 말하는 바를 오랫동안 지켜봤던 일화가 모를 리 없었다.

사도명이 잠깐 뒤돌아본 덕에 독고월은 미친 듯이 공세를 퍼부을 수 있었다.

월광도가 동에 번쩍, 서에 번쩍 휘둘렸다.

사도명은 숫제 정신이 없었다. 실전으로 다져진 본능으로 어떻게든 막고 피해냈지만, 소도의 이가 점점 나가기 시작했다. 내공을 그득 담았는데 말이다.

소도에 서린 은은한 도강이 이를 증명했다.

그런데도 소도의 이가 나간다는 건, 내공이 담기지 않은 상대의 칼질이 그 이상으로 위력적이란 소리다.

"이게 대체!"

사도명이 젖먹던 힘을 다해 월광도를 튕겨냈다.

독고월이 휘청거리며 물러났지만, 다시 득달같이 달려들었다.

휘익!

월광도가 사도명의 목을 노리고 휘둘렀다.

"이 지겨운 놈!"

사도명이 뒤로 훌쩍 물러났다. 경공술을 펼친 것이다. 멧돼지처럼 달려들어 오직 공격일변도로 나서던 그가!

지켜보던 흑화와 흑도맹의 정예들은 할 말을 잃었다.

그 대단한 고수였던 전임맹주도 물러서게 만들었던 저돌적인 사도명이었다. 그런 사도명이 먼저 물러서는 일이 벌어진 것이다.

오 장의 거리가 둘 사이에 생겼다.

다행히 독고월은 더 이상 달려들지 않았다.

치욕적인 상황에도 사도명은 냉정했다. 자신의 마지막 남은 절초를 꺼내 들어야 함을 깨달았다.

독고월의 자세도 변했다. 사선으로 길게 늘어트린 월광도가 말해줬다. 독고월이 달려들지 않은 건 거리를 벌리기 위해서였다는 걸.

사도명의 머릿속에 처음으로 양패구상이란 단어가 떠올랐다.

"이것 참! 맹에 고수 하나 영입하고자 했던 게, 일생일대의 순간을 맞이하게 될 줄이야."

사도명이 허탈하게 웃었다. 그러면서 소도에 온 내공을 집중했다.

우우우웅.

소도가 하얗게 불타올랐다.

휘이이이.

은밀한 바람이 불어왔다.

사도명이 저도 모르게 고개를 들었다. 그리고 침을 꿀꺽 삼켰다.

밤하늘을 갈가리 찢어발길 것 같은 도기 아니, 도강(刀罡).

육도낙월의 제사도 잔월(殘月)이었다.

몰아지경에 빠진 독고월이 무의식적으로 펼친 것이다. 극심한 허탈감이 엄습했지만, 독고월은 입가에 진한 미소를 머금고 있었다.

4

범람이란 표현이 어울릴 정도로 불어난 도강의 수는 대단했다.

육도낙월은 과연 일절이라고 불릴 만한 무공이었다.

초절정 고수인 사도명이 그 위용에 할 말을 잃을 정도니 말 다했다. 그도 머릿속으론 피해야 한다고 생각했지만, 저 엄청난 공세를 피하는 게 가능할까 란 의구심마저 들었다.

의지가 꺾인 것이다.

"아, 안 돼!"

지켜보던 일화가 비명을 지르듯이 일어났다. 척 봐도 독고월이 펼친 초식은 가히 대단했다.

시기적절한 외침에 정신이 번쩍 든 사도명.

소도를 들었다. 최후의 절초를 펼쳐 들기 위해서였다. 피하는 게 불가능하다면 맞서는 수밖에.

사도명이 동귀어진을 불사하고 막 전신내력을 폭발시키려는 찰나!

휘이이이.

밤하늘을 뒤덮었던 도강들이 감쪽같이 사라졌다.

곧 그 이유를 어렵지 않게 짐작했다. 독고월이 제사도 잔월을 거둔 것이다.

모두가 놀랐다.

특히 사도명의 놀람은 더했다. 어쩌면 이길 수 있었던 판을 뒤집다니.

나지막한 목소리가 들려왔다.

"이쯤 하면 된 것 같군."

몰아지경에서 빠져나온 독고월의 눈빛은 한결 맑아 보였다.

"너……!"

사도명은 독고월의 무공이 진일보했음을 눈치 챘다. 그렇지 않고서는 이 상황이 설명되지 않았다.

독고월.

내공은 여전히 느껴지지 않으나, 눈빛은 더욱 깊어졌다.

사도명은 흘러나오려는 침음을 삼켜냈다.

이 무슨 말도 안 되는 놈이란 말인가.

생사경을 헤매는 그 와중에 몰아지경에 빠지는 것도 모자라, 무공수위까지 끌어올렸다.

초절정 경지의 최고가 십(十)이라고 가정했을 때.

과거 독고월이 최소 일(一)과 이(二)의 중간 정도였고, 잘 쳐줘야 이(二)였다.

하지만.

지금의 독고월은 삼(三)을 살짝 못 넘어서는 정도다.

사도명이 내린 결론은 그러했다.

방금 그 한 수가 대단한 건 사실이었으니까.

살짝 충격을 받은 사도명이 그답지 않게 입을 다물었다.

공터엔 괴괴한 침묵만이 감돌았다.

어느새 주위에 포진한 흑도맹의 정예들이었다. 주위의 이목을 생각해 최소의 인원들만 데리고 왔다.

독고월을 포섭하는 게 실패했다고 여긴 그들은 사도명의 명이 떨어지기만 기다렸다.

적이 될 싹은 자를 수 있을 때 미리 잘라야 한다.

그런 그들의 마음을 어찌 모르랴.

꾹.

독고월은 도병을 잡았다.

"끝장을 보자면 사양하지 않지."

느긋한 말 속에 담긴 오만함.

말한 독고월은 그런 말을 할 자격이 있는 자였다. 사도
명과 동수를 이룬 것만으로 가진 능력을 증명했다.

그들이 막 죽음을 도외시하고 달려들 찰나.

사도명이 손을 들었다.

"모두 물러가라고 했다."

"하지만 맹주님……!"

일화가 이유를 들어 설득해보려고 했지만, 사도명의 표
정은 단호했다.

"정말이지 건방진 수하들이군. 맹주가 내린 명에도 토
를 이리 달아대니. 정파의 잡것들이 우릴 동급으로 개무시
하지. 쯧쯧!"

사도명이 혀를 찼다.

일화를 비롯한 수하들의 얼굴이 붉어졌다.

그들에게서 시선을 뗀 사도명이 독고월을 향해 말했다.

"끝을 보자니 흥이 식었고, 그냥 가자니 또 아쉽고."

독고월은 그가 무슨 말을 하려는 걸까 싶었다.

착.

권3

사도명은 소도를 허리춤에 패용했다. 소도를 보면 반드시 죽는다는 별호에 어울리지 않은 행동이었다.

흑도맹의 최정예들이 경악했다.

맹주의 위신에 금이 간다고 일화가 말하려 했지만, 사도명의 대소가 먼저였다.

"으하하하!"

그 웃음소리에서 느껴지는 건 후련함이었다. 자신의 소도를 거둔 것에 대한 일말의 후회도 느껴지지 않았다.

한참을 웃던 사도명이 일화를 향해 손짓했다.

일화는 그게 무슨 뜻인지 몰랐다가, 이어진 전음에 기함을 했다. 재고해달라고 하고 싶었으나, 사도명의 뜻은 변함이 없었다.

결국, 일화는 연거푸 한숨을 내쉬며 사도명의 명을 따랐다. 그리고 공손한 태도로 무릎을 꿇더니 양손으로 무언갈 받쳐 들었다.

목곽.

사도명은 그걸 쥐고는 진득하게 웃었다.

"흑신단 두 알은 도둑놈 심보야. 본 맹에도 네 알밖에 없는 걸 두 알씩이나 요구하는 간 큰 도둑놈은 내 살다 살다 처음 보는군."

"……."

휘익!

놀랍게도 사도명이 목곽을 던져줬다.

덥석.

독고월의 손이 목곽을 낚아챘다. 말없이 사도명을 바라
봤다. 이게 무슨 뜻이냐는 듯이 묻는 눈초리였다.

"흑신단 두 알이면 우리 쪽에 붙겠다며."

"그랬지."

"하지만 이 사도명의 흑도맹엔 네놈처럼 조직의 근간을
뒤흔들고도 남을 건방진 놈은 필요 없다."

독고월의 눈꼬리가 잘게 흔들렸다. 이어진 사도명의 말
때문이었다.

"근데 난 독고월 네놈이 마음에 들거든. 그래서 좀 짜증
이나. 내 수하로는 필요 없고, 마음에는 들고. 그럼 이 사
도명은 어찌해야 할까?"

"……."

독고월은 할 말을 찾지 못했다. 사도명의 인물됨을 알
고, 그걸 이용해 판을 유리하게 끌 생각은 있었지만, 이런
상황을 예측한 건 아니었다.

사도명은 히죽 웃었다. 호의에 처음으로 당황한 놈을 봐
서다. 볼수록 마음에 들었다.

적어도 뒤통수 칠 놈은 아니다.

그리 결론지은 사도명이 뒷짐을 진 채 몸을 돌렸다.

"적적할 때 청풍객잔으로 찾아와라. 술이나 한잔하지.

입으로 칼을 논하다가 지루하면 한판 붙고."

"……."

물론 독고월은 답을 하지 못했다.

"물론 생각이 바뀌면 언제든지 말하고."

사도명은 손을 들어 흔들어 주고는 수하들을 이끌고 자리를 떴다. 수하들의 낯빛이 좋지 않았음에도 사도명은 신경 쓰지 않았다.

사도명은 남의 눈치를 보며 사는 이가 아니었다. 하물며 흑도의 지존이기도 했다. 사도명이 그렇다면 그런 거기에 수하들은 불만을 누그러트려야만 했다.

일화는 사도명과 뒤에 덩그러니 남겨진 독고월을 번갈아 봤다. 그리고는 희미한 미소를 머금었다. 어쩌면 자신보다 사도명이 사람 특히, 독고월 같은 사내의 마음 사는 법을 잘 알고 있는 것 같았다.

안하무인의 태도를 보이는 독고월을 영입하지 못했다면, 죽이는 것도 하나의 방법이긴 했다. 하지만 흑신단과 같은 보물로 마음의 빚을 지우고, 사내다운 배포로 친분을 쌓을 수 있다면 인연의 끈으로 묶어둘 수 있을 성싶었다.

새삼 사도명에게 감탄한 일화였다.

-정말이지 맹주님께선 대단하세요.

-뭐가?

사도명이 일화의 전음에 시선을 줬다.

-흑신단으로 그의 마음을 사다니. 역시 호걸 중의 호걸
답게 배포가 남다……

-시끄럽다.

-네, 네?

-배포는 개뿔! 솔직히 좀 아니, 많이 아깝다고.

-어째서 주신 거죠?

-이 사도명이 친히 발걸음까지 했는데 그냥 허탕치고
가긴 민망하잖아? 어차피 남 주려고 빼놓은 흑신단이었으
니까 준거지. 생각없이 줬겠냐? 무엇보다 흑신단이 그냥
영단이냐? 우리야 괜찮지만, 정파의 심법에 적잖은 문제
를 일으키지 않느냐?

-그, 그럼?

-그 점을 노렸지. 놈도 정파 쪽 심법을 익혔다면 문제가
생기지. 않겠느냐? 뭐, 정말 운이 좋아 잘되면 빚을 지운
셈이니 좋고, 운이 나빠 문제가 생기면 적 하나 줄이는 셈
이어서 나쁘지도 않고. 이런 게 바로 누이 좋고 매부 좋은
거지 않느냐?

-……

일화는 사도명의 음흉한 속내에 할 말을 잃었다. 그러다
이어진 전음엔 고개를 푹 숙였다.

-한데 저 새끼 저거 먹고 혹여라도 잘 돼서, 뒤통수치면

어떡하지? 무림맹 쪽에 붙어서 우리 쪽에 칼을 겨누면 안 되는데, 그냥 다시 가서 확! 뺏어와?

-제발, 그러진 마세요. 줬다가 뺏으면 무슨 의미가 있겠어요.

ᆞ-그렇지?

일화는 잠시나마 사도명의 배포에 감탄했던 자신이 후회스러웠다. 뭔가 고상한 이유가 있을 거라 여긴 자신이 미친년이다.

사도명은 회한에 빠진 일화에게서 시선을 떼고, 밤하늘의 달을 올려다봤다.

독고월.

놈에게 과연 흑신단은 득이 될까? 실이 될까?

사도명이 말한 것처럼 흑신단은 전설의 대환단과 비견되는 것이었지만, 영단의 기운을 흡수하는 건 꽤나 까다로웠다.

정파의 심법에 흑신단의 기운이 반발하는 건 무림맹의 변절자를 통해 이미 알려졌다.

잘 흡수해봐야 십 년 내공이고, 나중에 주화입마에 빠질지도 모를 위험부담마저 안아야했다.

게다가 사도명이나 독고월과 같은 초절정 무인에게 영단은 그리 큰 도움이 되질 않았다.

호수에 강물을 댄다고 대해가 되는 건 아니었다.

초절정 무인의 무공수위를 올리는 데 필요한 건.

오직 깨달음뿐이다.

어디 그게 쉬운 일이던가.

무진장 힘들지.

그랬기에 사도명도 몰아지경에 빠져 무공을 상승시킨 독고월에 누구보다 놀란 것이다.

"기대되는군."

수하들의 시선이 쏠렸다.

사도명이 웃는 낯으로 이어 말했다.

"놈이 어떤 모습으로 나타날지 말이야."

오랜만에 사내다운 사내를 만난 탓에 사도명은 흥에 겨웠다. 물론 잘 안됐으면 하는 마음도 약간 있었지만, 지금은 잘 됐으면 하는 마음이 좀 더 컸다.

그래야 어렵게 내준 흑신단으로 놈에게 생색 좀 내보지 않겠나.

第 4 章

第 4 章.

1

"쿠에에엑!"

가만히 있던 독고월이 느닷없이 피를 토했다. 털썩 주저
앉아 한 차례 피를 더 쏟고 나서야 답답했던 속이 좀 트였
다.

너무 무리한 탓에 기혈이 역류한 것이다. 아직 그의 내
공 수준으로는 제사도 잔월은 펼치기 어려웠다. 사실 도중
에 잔월을 거둔 건 내공이 충분치 않아서였다.

적에게 약한 모습을 보일 순 없었기에 허장성세를 한 것
이다. 만약 사도명과 끝까지 갔다면 피를 토하는 정도로
끝나지 않았다.

"후우, 후우."

사도명 앞인지라 어떻게든 울혈을 참아낸 독고월이 숨을 골랐다.

장원에서 벌어진 담적 일당과의 전투.

초절정 무인인 권야와의 일전.

그리고 흑도맹주인 사도명과의 생사결.

그야말로 강행군의 연속이었다. 그나마 토혈로 끝난 게 다행이었다.

게다가 악화일로로 치달았던 상황이 전화위복이 되어 돌아왔다.

"궁하면 통한다는 옛말이 사실이군."

목곽에 든 흑신단.

열어 확인해볼 것도 없이 영단의 기운이 손에 잡힐 듯이 느껴졌다. 두 알을 얻어내지는 못했다. 그래도 무공이 진일보한 뒤라, 한 알이어도 충분하다.

흑신단.

영단은 사람에 따라 그 효과가 달랐다. 복용자의 자질과 익힌 내공심법이 상승의 것일수록 효과가 좋았다.

독고월이 알고 있는 바로 흑신단은 사파인의 심법에 맞춰 제작된 것이었다. 정파의 심법으로는 큰 효과를 볼 수가 없었다.

정파의 심법으론 많이 흡수해봐야 십 년 내공쯤 될까?

"나완 상관없지."

내뱉은 말대로 독고월이 익힌 월광심법은 정파의 것이 아니었다. 광명정대한 창궁대연신공 같은 남궁세가의 무공과 궤를 달리했다.

월광심법은 굳이 따지자면 사파 쪽에 가까웠다. 거기다가 절세의 심법이라고 해도 좋을 정도로 최상승의 무공이었다.

본인이 지닌 재능과 노력 여하에 따라 흑신단의 효과를 극대화하는 게 가능했다.

과거 기재라 불리던 남궁일의 육체였다. 비록 주인이 달라져서 얻을 효과가 어떨진 몰라도 독고월은 월광심법을 믿었다.

못해도 섬월을 흉내 낼 수준만 되어도 좋겠지만, 욕심은 금물이었다. 특히 평정심이 중요한 지금 이 순간에 과욕을 부리다간 낭패당하기에 십상이다.

독고월은 운기조식할 곳을 찾기 시작했다. 운 좋게도 멀지 않은 곳에서 폐가를 찾을 수 있었다. 인적이 없는 곳이었기에 흑신단을 복용하기 딱 좋았다.

"후우."

가부좌를 틀고 앉은 독고월은 기감을 넓혔다.

혹시라도 있을 방해를 대비하려는 것이다. 진법이라도 익혀두었으면 이때 써두는 건데.

아니지.

오히려 진법과 같은 걸 씀으로써 주의를 끌 수도 있었다. 자연스러울수록 좋았다.

부디 방해를 받지 않길 바라며 독고월은 목곽에 손을 가져갔다.

달칵.

목곽을 열자 영단이 모습을 드러냈다.

은은한 향을 맡는 것만으로도 머리가 맑아지는 듯한 영단이 바로 흑신단이었다.

흑도맹의 보물.

어째서 사도명이 이걸 자신에게 줬는지 어렵지 않게 짐작해냈다.

"호의라도 베풀어 끈이라도 만들어두려는 거겠지."

진짜 사내다움을 좋아한다는 사도명에 대한 소문을 익히 알고 있는 독고월이다. 아까운 내색을 조금도 하지 않고 호방하게 베푸는 모습은 확실히 멋있었다.

어지간한 무인이라면 감격에 겨워 사도명과 의형제라도 맺겠지만.

독고월은 그리 순진한 이가 아니었다.

세상에 공짜는 없었다.

언제고 이 흑신단을 취한 대가를 치러야 했다.

설령 그게 잘못된 일이라고 해도 도와줄 수밖에 없었다. 무인에게 영단은 목숨보다 소중한 법이었다. 하물며 보통 영단이 아닌 흑도맹의 보물인 흑신단이었다.

이런 종류의 빚은 그래서 무서웠다.

물론 독고월은 흑도맹을 도와줄 생각이 없었다.

오히려 이용했으면 이용했지.

갑작스러운 호의를 베푼 그에 잠시 순진한 반응을 보인 건 사실이나, 뒤이어 생각하면 어렵지 않게 그 의도를 짐작할 수 있었다.

사도명이 어찌 나올지는 두고 보면 알 일이었다.

그때 가서 생각할 일을 미리 고민할 필요는 없잖은가.

지금은 이 흑신단을 흡수하는 데 집중해야 한다.

독고월이 흑신단을 집어들었다. 잠시 그것을 내려다보다가 망설이지 않고 그걸 꿀꺽 삼켰다.

"후우우우우."

가부좌를 튼 독고월이 운기조식에 들어갔다.

스르르—

텅 빈 단전이라서 그런지 흑신단의 기운은 부드럽게 녹아 들어갔다. 월광심법으로 계속해서 운기를 하자 변화가 생기기 시작했다.

독고월의 머리 위로 아지랑이가 피어오르고 있었다. 몸속의 기운이 몸 밖으로 나오려는 것이다.

아지랑이의 형체는 뚜렷했다. 그리고 더욱 뚜렷해지는 중이었다.

쾌조의 출발을 보였다. 이대로 계속된다면 흑신단이 지닌 육십 년의 내공을 모두 얻는 건 기정사실이다.

월광심법으로 흑신단의 기운을 다스린 지 한 시진이 지났을 때였다.

"……!"

독고월의 몸이 덜덜 떨리기 시작했다. 원인은 온몸에서 느껴지는 차가운 기운이었다.

부스스.

살얼음이라도 낀 것처럼 독고월의 피부 위로 하얀 서리가 생겼다. 급격한 온도변화에 따른 이상 징조다.

일반 무인이었다면 당황한 나머지 입을 벌리거나, 심법을 멈췄을 상황.

독고월은 멈추지 않았다. 몸의 이상이 생기면 생길수록 월광심법에 더욱 매진했다.

한 가지 확신 때문이었다.

월광심법은 음한지기를 키우는 최상승의 심법.

뼛속까지 얼려버릴 것 같은 이 음한지기가 들불처럼 일어난 원인은 흑신단에 있을 터였다.

불어난 내공에 음한지기의 성격이 더욱 강해진 것이다.

피부는 하얀 서리가 낀 것도 모자라, 동상에라도 걸린 것처럼 푸르뎅뎅해졌다.

독고월은 당황하지 않고 월광심법을 계속해서 운용했

다. 전신의 혈맥을 차가운 칼날로 헤집는 음한지기를 통제하기 위해 부단히 애를 썼다.

다른 이라면 이 한기에 맞서 몰아내려고 했겠지만, 독고월에겐 이 콧속까지 얼리는 한기가 바로 자기 자신이었다.

밀어낼 게 아니라 받아들여야 한다.

이 음한지기를 부정하지 않고, 믿음에 믿음을 더해 월광심법을 차분히 운기했다.

미친 듯이 날뛰며 독고월의 혈맥을 들쑤시고 다니던 음한지기가 달라지기 시작한다.

그럼에도 불구하고.

독고월의 전신은 꽁꽁 언 것처럼 하얗게 변해있었다. 하얀 성에로 전신이 뒤덮인 것이다. 행여 동상에 걸려 살이 괴사할지도 모르는 위험천만한 순간이었다.

음한지기를 통제하는 게 늦어져 이런 사달이 벌어진 건가 싶었던 그때!

와장창창—

겨우내 호수 위의 얼음이 깨지는 듯한 소리가 터져 나왔다. 독고월의 전신을 뒤덮었던 살얼음이 모래알처럼 떨어져 내렸다.

참으로 기묘한 광경이 아닐 수 없었다.

"후우."

독고월이 긴 숨을 내뱉었다. 감은 두 눈을 슬며시 뜨자신광이 흘러나왔다.

신광이 갈무리된 검은 눈동자.

수천 개의 별을 박아놓은 어두운 밤하늘처럼 맑고 깊었
다. 피부도 더욱 하얘지다 못해 맑아졌다.

그것보다 더 극적인 변화가 있었다.

독고월은 전신을 휘도는 내공의 존재감에 희열을 느꼈
다.

"사 갑자!"

흑신단이 가진 효과의 배에 달하는 내공을 얻는 쾌거를
이룬 것이다.

생사결을 통한 깨달음과 흑신단, 그리고 자신을 누구보
다 믿은 천고의 기재가 이룩한 기연이었다.

몸을 일으킨 독고월의 전신에서 서광이 피어오르고 있
었다. 전신을 휘도는 호연지기에 독고월이 낭랑한 웃음을
터트렸다.

"하하하!"

$$2$$

탈각(脫殼).

초절정에 이르면서 겪은 탈태환골에 이은 또 한 번의 변

화의 이름이다.

껍질을 벗어버린 듯이 더욱 가뿐해진 몸과 확장된 단전.

독고월은 말로 형용할 수 없는 기분을 맛보았다.

주먹을 꽈악 쥐자 끓어오르는 힘.

이대로 살짝 일권만 내질러도 산허리를 날려버릴 수 있을 것만 같았다. 게다가 사도명과의 일전을 복기해본 지금이라면, 그전처럼 당하지 않을 자신이 있었다. 오히려 압도할 수 있을 것만 같았다.

"이럴 때일수록 조심해야 하는 법이지."

독고월은 자신감이 넘쳐 흐르는 이때에 더욱 조심해야 한다는 걸 알았다. 자만은 곧 태만으로 이어지고 태만에 흐려진 정신머리는 초절정 무인과 같은 고수와의 대결에 해가 되었다.

과유불급(過猶不及).

지나치면 미치지 못하는 것만 못하다. 중용(中庸)을 지키는 게 우선이었다.

독고월은 끓어오르는 이 엄청난 힘의 풍랑에 먹히지 않기 위해 명상에 들었다.

지금의 상황은 마치 바람 앞에 놓인 등불처럼 안정감이 없어 위태위태하다. 그렇다고 가만히만 있으면 차디차게 식은 재나 말라비틀어진 고목과 같아져 생기를 잃게 되고.

고요함은 움직임 속에 있어야 하고, 움직임 또한 고요함

속에서 일어선다.

독고월은 정중동의 묘리를 떠올리며 들끓는 내공을 다스렸다.

한 식경이 흐른 뒤.

명상에서 깨어난 독고월이 한숨을 내쉬었다. 당장에라도 폭발할 것처럼 굴던 내공도 잠잠해졌고, 어떻게든 힘을 써보고 싶어 안달이 났던 마음도 많이 수그러들었다.

이대로 얻은 힘의 확인을 나중으로 미루려는 걸까?

아니지.

독고월은 씨익 웃었다.

천구패의 무공들이 어느 정도 수준에 올랐는지 확인해봐야 했다.

휙.

독고월의 신형이 폐가에서 자취를 감추었다.

　　※

콰콰콰콰콰.

절벽 위에서 거대한 물줄기가 떨어져 내리고 있었다.

독고월이 섬전행을 펼쳐 아무도 없는 깊은 산 속으로 들어왔다가 발견한 폭포였다.

어마어마한 자연의 위용에 경외심이 절로 들었다.

폭포가 만든 뿌연 수증기가 얼굴에 닿았다. 느껴지는 청량한 한기가 그렇게 좋을 수가 없었다. 독고월은 잠시 그기분을 음미했다.

콰콰콰콰콰.

귀를 먹먹하게 만드는 웅장한 폭포소리가 오히려 고요함을 주었다.

독고월이 월광심법과 섬전행, 육도낙월의 수준을 냉정하게 살피는데 문제 될 건 없다. 정신은 더욱 맑아진 상태였다. 천천히 자신이 익힌 무공들을 되짚어봤다.

섬전행.

절반의 성공을 거뒀던 지난날과 달랐다.

그간 독고월은 섬전행을 펼쳐 공격에 응용까지 했고, 어지간한 거리는 섬전행을 통해 이동했다.

쓰면 쓸수록 무공에 익숙해지는 건 당연지사.

현재 독고월의 무공 수위는 탈각을 이뤄 급진전한 상태기도 했다. 정확하진 않아도 초절정의 중간지점을 돌파한건 분명하다.

섬전행.

십성대성이 코앞이었다. 아직까진 구성에 불과하다. 물론 십성 대성이라는 게 십 년이 걸릴 수도 있고, 당장 내일에라도 될 수 있는 경지이나, 꾸준한 노력으로 정진한다면오를 수 있는 산이었다.

독고월은 섬전행을 뒤로하고 월광심법을 가늠했다. 탈각을 이룬 뒤라 내력수발은 더욱 자연스러워졌고, 일주천 한 번에 전체 내공의 반이나 채울 수 있게 됐다.

즉, 극심한 내공소모를 불러오는 육도낙월같은 무공이 아니고서는 말 그대로 써도 써도 마르지 않을 우물 아니, 대호(大湖)를 가진 격이다.

하여 월광심법은 십성대성!

탈각이란 기연을 얻은 근본적인 원인이 여기에 있었다. 월광심법 성취 덕에 배 이상의 성과를 올린 것이다. 물론 십성대성을 이뤘다고 해서 끝이 아니었다. 그 위에는 엄연히 십이성이란 절대의 경지가 존재했다. 그 극의를 이루기 위해선 피와 땀이 동반된 부단한 노력이 필요했다.

어쨌든 익힌 무공 중 가장 높은 경지인 건 확실하다.

마지막으로.

육도낙월(六刀落月).

독고월은 제사도 잔월을 완벽하게 펼칠 수 있다는 결론을 내렸다.

대략적으로 칠성 수준.

당연히 독고월은 제사도 잔월에서 만족할 수 없었다. 십이야 아니, 십일야와 야주의 존재를 알게 됐다. 초난희와 그녀의 스승을 찾기 위해선 흑야와의 일전은 피할 수 없었고.

어떻게든 흑야의 야주와 만나게 된다.

그를 두려워하던 권야의 모습이 떠올렸다. 호랑이 앞에 놓인 먹잇감처럼 공포에 질려 있었다. 독고월도 허를 찔러 겨우 죽였던 초절정 무인이 그런 태도를 보이다니.

그렇다면 적어도 과거 천구패 선배가 닿았던 경지는 돼야 하지 않을까?

미리 대비해서 나쁠 건 없으니, 육도낙월의 수준을 끌어올려야 한다.

"천구패 선배는 제오도 섬월로 강호를 주유하는 데 부족함이 없다고 했지."

홀로 중얼대던 독고월의 눈빛이 달라졌다. 이미 섬월을 펼치기 위한 구결은 알고 있었다.

제오도인 섬월(纖月).

상상 속에서 펼쳤던 순간을 떠올려봤다.

번쩍!

가늘고 줄기차게 뻗어 나가는 벼락이라고 말하면 어울릴까?

월광도가 목표한 지점을 내리찍었다.

보기엔 아무런 변화가 없었지만, 만약 독고월의 앞을 가로막는 존재가 있었다면!

말 그대로 눈 깜짝할 새에 잘게 분해되고도 남았다. 이보다 단순하고도 끔찍한 위력을 지닌 대인(對人)무공이 있을까 싶었다.

단언컨대 없을 것이다.

스르릉.

상상에서 돌아온 독고월이 월광도를 빼들었다.

이젠 상상 속에 펼치던 제오도 섬월을 펼쳐야 할 때였
다. 몸 상태는 그 어느 때보다 좋았다. 내공 총량도 제사도
잔월을 두 번 연달아 펼칠 수 있을 정도다. 하지만 제오도
섬월은 모르겠다.

과거엔 내공 전부를 모두 소모하면 흉내내기라도 가능
하다고 여겼는데, 지금 생각해보면 정말 아무것도 몰랐기
에 부릴 수 있는 객기였다.

제오도 섬월은 사 갑자의 내공으로 펼치는 게 가능할까
싶을 정도로 대단한 무공이었다.

"후우."

타오르는 긴장감에 한숨을 길게 내쉬었다. 만약 잘못되
기라도 하면 기혈이 역류해 주화입마에 빠질지도 몰랐다.

섬월은 독고월로서는 전인미답의 경지였다. 두려움이
스멀스멀 피어올랐다.

아니, 자신을 믿자.

독고월은 자신을 다잡았다.

월광도를 등 뒤로 쭉 뺐다.

스윽.

땅을 밟은 발이 깊게 들어갔다.

콰콰콰콰콰.

거대한 물줄기가 쏟아지고 있었다.

독고월의 눈동자에서 푸르슴한 귀화가 타올랐다.

강대한 내공이 일점(一點)으로 집중되는 순간!

육도낙월 제오도 섬월(纖月)이 월광도를 통해 번쩍였다.

쩌저저저저정—

가느다란 벼락이 연상되는 섬월이 폭포의 줄기를 타고
흘렀다.

폭포의 굉음을 먹어치우고도 모자랐는지 줄기차게 뻗어
나가는 섬월!

갈라지는 폭포와 함께 절벽에 그 인을 새기려 한다.

"크윽!"

하지만 독고월의 신음이 먼저였다.

섬월이 인을 새기기 바로 그 직전.

중도에 멈춰야만 했다. 기혈이 역류하여 주화입마에 빠
질 뻔한 것이다.

"하아, 하아!"

쨍그랑.

땅에 월광도를 떨어트린 독고월은 제 팔을 내려다봤다.
섬월을 펼친 대가로 팔마저 마비됐다.

"크큭, 이 무슨 말도 안 되는 무공이란 말이냐?"

117

허망하게 중얼거리던 독고월의 눈이 전면으로 향했다.
곧 검은 눈자위가 커졌다. 월광도를 쥔 손이 잘게 흔들리
고 있었다.

　우르르르—

　절벽이 무너지고.

　콰아아아—

　폭포수가 범람하다 못해 쏟아져 내렸다.

　갑작스레 들이닥친 자연재해에 독고월이 당황했다. 섬
전행을 펼칠 수가 없었던 것이다. 섬월로 인해 단전이 텅
빈 덕분이었다.

　"우, 우와아악……!"

　곧 꼴사나운 비명이 범람한 물과 토사에 삼켜졌다.

　쿠우우웅!

　때아닌 땅의 진동에 산새들이 모두 날아올랐고, 놀란 산
짐승들은 내달렸다.

　먼동이 터오는 새벽녘에 벌어진 소란이었다.

3

　뚝뚝.

　처량한 신세에 눈물만 흘러나왔다.

약소방파의 설움을 씻기 위해 맹의 지원을 받아야 하는 일이었다. 그렇기에 비장한 각오를 품고 본 단의 요청을 받고 나선 길인데, 초라한 결과만 가지고 돌아가게 됐다.

마차를 끌던 노인이 위로해줬다.

"아씨, 너무 상심치 마십시오. 어찌 보면 다행일지도 모릅니다. 그런 되먹지도 못한 놈에게 시집가게 되는 게 더 큰 불행 아니겠습니까?"

유일하게 옆에 남아준 권노의 위로였지만, 아씨라 불린 여인은 고개를 저었다.

"그렇지 않아요. 제가 부족한 탓이에요. 좀 더 적극적으로 굴었어야 했는데, 그러질 못했어요."

물론 그런 각오를 안 한 건 아니었는데, 자신을 보던 차가운 두 눈동자를 마주한 순간부터 그럴 마음조차 먹질 못했다. 뱀 앞에 놓인 개구리 마냥 바짝 얼어 입도 잘 떨어지지 않았다. 사내에게 그런 시선을 단 한 번도 받아본 적이 없었던 그녀였기에 당연한 반응이었다.

권노가 분통을 터트리는 소리가 들려왔다.

"무림제일미 지약 아씨께서 적극적으로 나서야한다니요! 어불성설이지요. 그냥 아씨가 살포시 미소만 지어줘도 감지덕지해도 모자라거늘… 분명 그놈은 사내구실을 제대로 못 하는 고자일겝니다!"

"그럴까요?"

임지약은 권노의 말이 고맙기는 했지만, 한편으론 자괴
감을 떨칠 수가 없었다. 아직도 그의 잔상이 사라지지 않
아서다.

-넌 됐고. 일화라고 했느냐?

그런 모욕은 생전 처음이었다. 언제 이렇게 사내를 떠올
린 적이 있을까 싶을 정도로, 임지약은 자신에게 모욕을
준 사내의 눈빛을 잊지 못하고 있었다. 호감을 느낄 만한
상대가 아닌데도, 자꾸만 사내의 무심한 태도가 마음을 뒤
흔들었다. 그게 자신을 더욱 초라하게 만든다.

내가 왜 이러지?

얼굴이 반반한 사내라면 주위에 차고 넘쳤다. 아무리 그
사내의 얼굴이 잘났다고 한들, 매일 같이 동경으로 자신의
얼굴을 보는 임지약의 입장에선 외모만으론 끌릴 수가 없
었다.

흑도의 여인답게 임지약은 사내를 볼 때, 능력과 사내다
움을 중요시했다. 외모는 우선 순위에 들어있지도 않았다.

또 그렇다고 해서 자신에게 모욕감을 준 사내가 앞서 내
건 기준에 미달이냐 하면, 그렇지도 않았다.

오히려 차고 넘쳤다.

흑도맹주 사도명이 영입하려는 젊은 무인이라는 것만으

로 잠재력은 입증됐고, 맹주가 아끼던 흑신단을 그냥 내줄 정도로 사내다움은 하늘을 찔렀다.

"하아."

임지약이 내세운 기준을 웃돌고도 남을 아니, 어쩌면 평생에 한 번 볼까 말까 한 잠룡(潛龍)이었을지도 몰랐다.

거기다 나이까지 젊은데다 외모도 괜찮다.

임지약이 지금껏 봐온 사내 중에서 단연 으뜸이다.

그런데 문제는 그 사내가 임지약을 조금도 신경 쓰지 않는 것이었다. 호감을 사기 위한 연극이 아닌 진심이라고 여인의 본능이 그리 말해줬다.

그게 마차의 바닥이 꺼지라고 한숨 쉬는 이유였다.

이유는 그것만이 아니었다. 사도명의 마음에 들까 봐 저어된 흑화들의 견제 때문에 본 단을 도망치듯이 떠나야만 했었다.

이리되면 세가 기운 적협방을 도망치듯이 뛰쳐나온 의미가 없다. 이제 임지약을 기다리는 건 정략결혼으로 팔려가는 일만 남았다. 그녀를 탐하려는 승냥이들에게 말이다.

적협방주 첩의 소실이니 각오를 했던 일이지만, 막상 닥치니 마음이 흔들렸다. 자신을 노리는 승냥이들 같은 작자들을 떠올리자 더욱 미칠 것만 같았다.

그 나이 든 노인들의 첩이 되는 건 너무나 싫었다.

차라리 그 사내를 보지 말았어야 했다. 그랬다면 헛된

꿈을 포기하고, 삶에 순응이라도 할 텐데 말이다.

답답함에 창밖을 바라봤다.

햇볕이 내리쬐는 풍경은 오늘따라 왜 이리 아름다운지.

처량한 제 신세에 눈물만 주르륵 흘러내렸다. 임지약은
소매를 들어 눈물을 닦아냈다. 하지만 흘러나오는 오열까
지 막을 순 없었다.

덕분에 마부석에 있던 권노는 마차를 빨리 몰지 못했다.
그저 작은 주인이 어서 빨리 마음을 추스르길 바랄 뿐이었
다. 노인 또한 착잡했는지 속으로 혀를 찼다.

그랬기에 앞서 걸어가는 인영을 미처 못 봤다.

말의 고삐를 잡아당겨 방향을 틀어야 했는데 그러질 못
한 것이다.

"뭐야? 이건."

이히히힝!

젊은 사내의 목소리와 함께 말이 하늘 높이 발을 치켜들
었다. 마차가 들썩일 정도였다.

"워, 워!"

놀란 권노가 서둘러 말을 진정시켰다.

그리곤 말의 앞발을 두 손으로 잡고 있는 인영을 바라봤
다. 괜찮으냐는 말가 턱밑까지 들어찼다가, 도로 들어갔
다. 상대의 몰골이 워낙 추레해서다.

온몸이 진흙으로 범벅된 그는 거지꼴을 하고 있었다.

그랬기에 거친 소리가 터져 나왔다.

"네 이놈! 똑바로 보고 다니지 못하겠느냐!"

가뜩이나 꼬인 심사였는데 잘됐다 싶었는지 권노가 길길이 날뛰었다.

"당장 경을 치기 전에 말의 다리를 놓고 물러서거라! 내 마음 같아서는 채찍으로 네 죄를 다스리고 싶으나, 네 비렁뱅이 인생이 불쌍하여 용서해줄 터이니. 어서 썩 물럿거라!"

"뭐?"

거지가 어처구니없다는 듯이 쳐다봤다.

"이놈이!"

말귀를 못 알아듣자 권노가 말채찍을 들었다.

거지는 한차례 코웃음을 칠 뿐, 별 말없이 손에 쥔 말의 다리를 놔줬다. 그리곤 많이 놀란 듯 보이는 말의 콧잔등을 가볍게 쓸어줬다.

푸르르.

진정된 말이 가볍게 투레질 쳤다.

뿔난 권노가 호통을 쳤다.

"어디 귀한 말에 더러운 손을 대……!"

"권노, 무슨 일이죠?"

꾀꼬리 같은 목소리가 마차 안에서 들려왔다.

"아씨, 아무것도 아닙니다. 웬 비렁뱅이가 앞길을 막고 있어서 그랬습니다."

"그래요?"

"네, 저 더러운 거지 놈이 아씨에게 구걸할지도 모르니 신경 쓰지 마십시오. 이런 식으로 들러붙는 거지들이 어디 한둘이겠습니까? 아씨의 아름다운 외모를 보고 마음 약하다고 여겨 끈질기게 붙는 놈들입니다. 차양이라도 치십시오."

"……."

떡 줄 사람은 생각도 없건만, 누굴 구걸에 안달 난 거지로 보나.

그는 내심 부아가 치밀었지만, 꾹 눌러 참았다. 마음의 여유가 선물해준 인내심 덕분이었다. 이런 일로 일희일비하기엔 그의 수양은 제법 깊었다.

"네, 알겠어요. 하지만 갈 길이 머니 어서 가요."

임지약의 말에 권노가 으르렁거렸다.

"이 거지발싸개 같은 놈. 오늘 운 좋은 줄 알아라. 맘씨 고운 아씨 덕에 그냥 넘어가는 것이다. 하지만 명심하거라. 귀하신 분의 마차를 막다간 송장을 치를 수도 있다는 사실을 말이야."

"……"

적반하장도 유분수지.

방귀 뀐 놈이 되레 성낸다고, 딱 그 짝이다.

거지로 오인 받은 독고월은 이대로 마부와 함께 마차를 날려버릴까 싶었다. 치미는 부아를 가까스로 억눌렀다. 기분 좋은 날이다. 참아야 한다.

"가자!"

권노가 말 엉덩이를 좌악— 때리자 마차가 나아갔다.

길 한쪽으로 비켜선 독고월의 시선이 마차 쪽으로 향했다. 하지만 차양이 내려져 그늘진 터라 마차를 탄 주인의 얼굴은 보이지 않았다. 밖에서는 안을 볼 수 없는 특별한 차양 덕분이었다.

안에서는 밖을 볼 수 있는지, 아씨라 불린 여인의 시선이 느껴졌다.

다각다각.

마차가 앞서 가는 모습을 보며 독고월은 고개를 절레 흔들었다.

이런 사소한 시비로 목숨을 잃는 경우를 종종 봤기에 쓴웃음이 절로 나왔다.

강호에선 힘이 곧 법이었다.

강자에겐 한없이 아름다운 강호이나, 약자에겐 한없이 추악하다.

그런 약자들을 위해, 힘없어 당한 민초의 억울함을 풀어주기 위해 동분서주하던 남궁일이다.

"웃긴 놈이지."

참으로 바보 같다고 여겼으나, 이럴 땐 어느 정도 이해가 되었다.

독고월이 고개를 절래 흔들고는 다시 걸음을 재촉했다.

"잠깐만요."

임지약의 영롱한 목소리에 마차가 가던 길을 멈췄다.

"아씨, 왜 그러십니까?"

"왠지 눈에 밟혀서요."

차마 거지의 처량한 모습이 자신처럼 보였다고는 말 못했다. 그녀의 자존심이 허락지 않았다.

"네? 그게 무슨 말씀입니까?"

"이곳에서 잠시만 기다려요."

권노는 그럴 수 없다는 말이 목구멍까지 차올랐다. 상심한 임지약의 기분을 달래주는 게 우선이었기에 참아냈다. 그리곤 마차를 세워 기다렸다.

곧 거지 몰골을 한 독고월이 마차에 당도했다. 한데 눈빛은 얼음장처럼 차가웠다. 아무래도 자신을 두들겨 패고 가기로 결정한 듯 보여서다. 만약 허튼짓한다면 참지 않을 작정이었다.

달칵.

마차의 문이 열렸다. 독고월이 틀린 것이다.

가벼운 변덕이 난 임지약이 권한 제안은 예상을 벗어났다.

"타세요."

"네에? 그게 무슨 말씀입니까!"

이건 권노의 경악 어린 외침이었다.

"……."

독고월은 요건 또 무슨 말이냐는 듯이 쳐다봤다.

하지만 마차 안에 있는 임지약은 연신 강권했다.

"태워줄게요. 타세요."

"아씨! 저런 거지발싸개 같은 놈을 태우다니요. 안 됩니다. 저놈이 무슨 짓을 할 줄 알고……!"

"저 또한 무가의 여인이에요. 그리고 전 이미 태우기로 했어요, 권노."

앙칼진 목소리에 권노는 이미 뜻을 굳혔음을 깨달았다. 이제 어쩔 수 없으니 으름장이라도 놓는 수밖에 없었다.

"놈, 아씨에게 허튼짓하면 이 내가 가만두지 않을 것이다! 이 강호에서 권오라고 불리던 노부다. 이 큰 주먹의 자비 없음을 확인하고 싶다면 까불어라. 단숨에 피떡으로 만들어줄 터이니."

살기를 내뿜는 것이 간신히 일류 수준은 되어 보였지만,

127

이름이 기억에 없는 걸 보면 잡배인 듯했다. 독고월은 됐다는 듯이 손사래를 치고 갈 길을 가려고 했다.

임지약의 목소리가 막아섰다.

"날 부끄럽게 만들 건가요?"

"……."

원래라면 상대할 가치도 없었다. 들려온 목소리가 왠지 모르게 귀에 익기도 했고, 대체 저런 되먹지 못한 노부가 예쁘다는 계집의 쌍판이 궁금하기도 했다.

그래, 가벼운 변덕이다.

독고월은 사양치 않고 마차에 탔다.

풀썩.

의자에 주저앉자마자 흙먼지가 훅 일었다.

임지약이 아미를 찌푸렸다. 소매로 입과 코를 가렸다.

"콜록, 콜록."

그래도 새어나오는 잔기침을 막을 순 없었다.

독고월의 눈빛이 달라졌다. 본적이 있는 얼굴이어서다.

무림일미(武林一美) 임지약.

우습게도 그녀의 안색엔 후회라는 감정이 서려 있었다.

"……."

그는 생각보다 몰골이 엉망이었다. 어디 진창에라도 뒹굴다 나왔는지 온몸에 묻은 흙먼지가 눈살을 찌푸리게 하였다. 마차 의자에 깔린 하얀 천은 이미 제 색을 잃어버렸고, 그의 몸에서 풀풀 날린 먼지는 호흡하기 괴로울 정도였다.

임지약은 가녀린 손을 뻗어 차양을 치웠다.

창문이 열리자 바람이 들어왔다.

이제야 조금 살 것 같았다.

"오해하진 마요. 그냥 불쌍해서 태워준 것뿐이니."

"……."

독고월은 대답조차 하지 않았다. 이제 얼굴을 확인했으니 볼일도 끝났다. 마차가 가는 방향을 보니 자신의 목적지와 비슷했다.

이왕 탄 김에 편하게 가지.

독고월은 두 눈을 감고 잠을 청했다. 반박귀진에 이른 터라 잠잘 필요는 없지만, 요 며칠 강행군의 연속이었다. 섬월로 인한 정신적인 피로감을 없앨 요량이었다.

쿵.

독고월은 그대로 마차의 의자에 드러누웠다.

"……!"

임지약은 매우 놀랐다. 자신의 얼굴을 보자마자 잠을 청하는 저 거지를 도무지 이해할 수가 없던 것이다.

아니 고맙다는 인사를 바란 건 아니지만, 자신의 얼굴을 봤으면 응당 보여야 할 반응이 있는데, 눈앞의 거지는 그런 게 없었다.

가뜩이나 그 사내 때문에 자신의 외모에 자신감이 떨어진 마당에, 이런 반응을 보이다니.

임지약은 끝모르게 드는 자괴감을 불쌍한 거지에게 선의를 베풂으로써 보상받으려고 한 것이다. 그런데 정작 고맙다며 굽실거려야 하는 상대가 저리 나오니, 참을 수 없는 모멸감을 또 한 번 느껴야 했다.

마음 같아서는 따귀라도 시원하게 올려붙이고 싶었지만.

쿠우우.

낮은 코골이에 임지약은 앙칼지게 노려만 볼뿐이었다.

미모에 감탄하지 않고, 잠잤다고 대뜸 따귀를 올려붙이면 제 꼴만 우습지 않겠나?

第 5 章.

第 5 章.

1

권노가 마차를 세웠다.

"아씨, 잠시 쉬었다 가시지요."

마차 내부에 촉각을 곤두세우고 있던 터라, 좀 피곤한 권노였다. 거지의 코골이 소리가 들리긴 했으나, 수작을 부리는 거일지 몰라 노심초사했다. 마침 객잔에 들려서 쉴 겸, 거지놈도 떼어놓을 겸, 겸사겸사 멈춰 선 것이다.

달칵.

마차의 문이 열리자 면사를 쓴 임지약이 내렸다.

변함없는 모습에 권노가 안도의 한숨을 내쉬었다. 물론 잘 살폈다면 화용에 잔뜩 서린 짜증을 봤겠지만, 면사로 가려진 터라 권노는 보지 못했다.

곧 추레한 몰골의 사내, 독고월이 내렸다.

모두 나오자, 사환이 얼른 마차를 한쪽으로 끌었다.

권노는 늘어지게 하품을 하는 독고월에게 쏘아붙일까 했지만, 말도 섞기 싫었다. 만약 따라온다면 패대기쳐줄 의향은 있지만 말이다.

다행이도 놈은 몸을 벅벅 긁더니 발길을 돌렸다. 객잔과 반대방향이었다.

알아서 떠나주는 것이다.

고맙다는 인사를 바란 건 아니었지만, 참으로 방약무인한 거지다. 마음 같아서는 저 거지의 뒤통수를 한 대 후려갈기고 싶었다.

"가시죠, 아씨. 저런 되먹지 못한 거지……!"

권노는 말을 채 끝맺을 수가 없었다. 임지약의 외침 때문이었다.

"잠시만요, 같이 식사라도 하고 가는 게 어때요?"

일종의 오기였다. 감히 네가 날 무시해? 네놈이 언제까지 무시할지 지켜보겠다는 심보가 그득 담긴 오기 말이다.

그렇기에 독고월은 들은 척도 않고, 갈 길을 가려 했다.

꼬르륵.

때마침 들려온 배골이 소리에 권노가 분노를 터트렸다.

"아주 가지가지 하는구나, 이 빌어먹을 거지새끼가!"

"권노, 그만 해요!"

임지약이 이어 말했다.

"배고픈 거 같은데 와서 들고 가요. 전 불쌍한 사람을 그냥 보낼 만큼 야박하지 않으니까요."

그 환한 미소에 담긴 비아냥거림임을 독고월이 모를 리 없었다. 인상이 절로 그어졌다.

이것들이 보자보자 하니까, 누굴 정말 거지로 보나?

독고월이 경고를 날리려고 했지만.

"……."

이미 임지약과 권노는 객잔 안으로 들어갔다. 우렁찬 뱃소리에 당연히 따라올 거라 여긴 것이다.

독고월이 헛웃음을 쳤다.

"허어, 내가 지금 먹을 거에 환장한 거지로……!"

"이 거지새끼가 빨리 안 따라 들어오고 뭐해? 아씨께서 친히 호의를 베풀었으면 감사하다고 넙죽 엎드려 절할 것이지. 뭘 망설이고 있어!"

고개를 불쑥 내민 권노가 죽일 듯이 눈알을 부라렸다. 당장 오지 않으면 줘팰 듯이 굴었다.

기도 안 찼다.

"그래, 이 거지새끼 간다. 너 줘 패로."

독고월이 사납게 웃고는 객잔으로 걸음을 옮겼다.

톡톡.

누군가 독고월의 허리춤을 두드렸다.

독고월이 고개를 돌리자 마차의 말에게 여물을 주고 온 사환이 서 있었다.

동정 어린 얼굴을 한 꼬맹이가 주절댔다.

"힘내요, 형. 나도 거지 생활해봐서 아는데. 그 설움, 잠깐이에요. 나도 처음엔 어리다고 맞고, 못 생겨서 맞고, 구걸 못해온다고 맞고. 그래서 많이 울고 그랬는데. 이젠 괜찮아요."

"뭐?"

"왜냐면 거지생활 청산하고 일하게 됐거든요."

사환이 자부심 넘치는 얼굴로 씩 웃었다.

"……."

"그러니 형도 나처럼 일해요. 뭣하면 내가 소개해줄까요? 여기 점소이 자리 있거든요. 사지 멀쩡하니 내가 소개를 해주면 여기 객잔에 취업할 수 있을 거예요. 제가 이래 봬도 여기서 끗발 좀 있거든요."

"…하하."

너무 어이가 없어 무미건조한 웃음이 절로 나온다.

사환은 그걸 실성한 사람이라고 여겼는지 안 어울리게 혀까지 찼다. 꾀죄죄한 몰골과 허리에 거무튀튀한 쇠몽둥이를 차고 있을 때부터 알아봤어야 했는데.

"아이구! 형, 머리까지 회까닥했구나. 아삼 형도 그래서 여기 일 못하게 됐는데. 그럼 점소이 일은 무리고. 으음…

어쩌지?"

이 발랄한 애새끼를 쳐 돌릴 수도 없고.

독고월이 한숨을 내쉬었다. 자기가 지금 뭐하는 건가 싶은 것이다.

그걸 상심으로 여긴 사환이 손뼉을 쳤다.

"그래! 형, 내 제자 하지 않을래?"

"……."

"지금은 내가 사환에 불과하지만, 머지않아 점소이가 될 수 있거든."

사환이 발랄하게 웃었다.

독고월은 말문을 잃었다.

"그래서 형이 내 밑에서 열심히 배우면, 내가 점소이가 되는 순간! 사환 자리 내줄게. 이거 정말 큰맘 먹고 제안하는 거야. 다른 데선 어딜 너 같은 거지가 여길 넘보느냐고 쫓아내기 일쑤야."

"……."

"형이 내 일을 도와주면, 이 객잔에 꽂아 줄게. 내가 거지생활 해봐서 그 설움 잘 알아. 그러니까 내 밑에서 일을 배우는……."

사환이 침을 튀겨가며 주절댈수록, 독고월의 말아쥔 주먹도 점점 위로 올라갔다.

"어서오십…… 뭐야? 이 거지새끼가 여기가 어딘 줄 알고 들어와?"

손님인 줄 알고 맞이하던 객잔주인이 인상부터 썼다. 만약 뒤에서 들려온 목소리가 아니었다면, 거지의 엉덩이를 걷어차 줬을 것이다.

"여기에요."

옥구슬이 굴러가는 듯한 목소리가 말해줬다. 눈앞의 거지가 그녀의 일행임을.

임지약은 면사를 썼음에도 빼어난 미모를 숨길 수는 없었다. 옆에 있는 권노의 부리부리한 눈빛을 보니, 그녀도 강호의 여인임을 어렵지 않게 알 수 있었다.

"일행인데, 괜찮죠?"

"여부가 있겠습니까."

객잔 주인은 허리를 꺾으며 비켜섰다.

저벅저벅.

그녀에게로 걸어온 독고월이 자리에 앉으려 했지만, 권노가 의자를 홱! 빼버렸다.

"……."

"네 자리는 저기다. 어디 거지새끼가 아씨와 겸상하려는 것이냐?"

권노가 한쪽 구석을 가리켰다. 그곳엔 거지들이 구걸할 때 쓴다는 박이 놓여있었다. 그 박 안엔 잡다한 음식들이

한데 어우러져 있었는데, 객잔 안의 손님들이 먹다 남은 음식들을 그러모은 듯했다.

이건 또 뭐야?

독고월의 입매가 슬슬 비틀렸다.

권노가 이죽거렸다.

"왜 먹기 싫은 것이냐? 하여튼 거지새끼들은 이래서 문제야. 호의를 계속 베풀면 그걸 당연시 여기게 된다니까? 제 주제도 모르고 말이야. 안 그렇소, 여러분?"

주위를 둘러보며 호응까지 유도했다.

그렇지 않아도 임지약에게 관심을 끌고 싶었던 사내들이었기에 박장대소했다.

가서 개처럼 주워 먹으라며 재촉하는 거한도 있었고, 얼른 먹지 않으면 고추를 떼버린다는 놈도 있었다.

흑도 쪽 무인들이 몰려있는 지역이다 보니 다들 입이 거칠었다.

임지약은 그 성화에 동참하지 않은 듯 보였으나, 입꼬리는 슬쩍 올라가 있었다. 고소함을 느끼는 중이란 소리였다.

독고월이 그녀를 향해 물었다.

"이게 날 객잔으로 부른 이유였느냐?"

겉모습과 어울리지 않는 듣기 좋은 목소리였다.

임지약은 어디선가 들어본 목소리에 의아해하는 한편,

139

건방지다며 나서려는 권노를 막아섰다.

"기껏 호의를 베풀었는데, 정말이지 몰라주는군요."

"이게 호의야?"

되묻는 말과 표정에서 거지와 독고월이란 사내가 겹쳐졌다. 가뜩이나 기분도 더러웠는데, 짜증이 확 올라왔다.

내가 누군데!

감히 그딴 표정과 눈빛을 하냔 말이다. 것도 비렁뱅이 주제에!

"설마 저와 겸상을 하려던 것인가요? 정말 주제 파악이 안 되는 사람이군요."

"우리 아씨가 누군지 아느냐? 바로 무림제일미 임지약 낭자시다."

권노가 한 임지약이란 말에 객잔 안이 술렁였다. 그렇지 않아도 혹시나 했는데 정말이었다.

주위에서 자신을 알아보는 듯하자, 임지약의 콧대가 자연히 올라갔다.

"마차로 먼 거리를 태워주는 것도 모자라, 편하게 쉴 수 있도록 배려해줬으면 됐지. 대체 어디까지 바라는 건가요? 권노가 저리 챙겨준 것도 고맙다고 하지 못할지언정, 이 무슨 무례인가요! 불쌍히 여겨서 기껏 친절하게 대해주니까……."

주위 분위기와 제가 한 말에 잔뜩 도취 된 그녀였다. 비릿한 미소를 입가에 매달았다.

"…내게 흑심이라도 품었나요? 그렇게 내가 만만해 보여요?"

콰앙!

그녀의 말이 끝나기 무섭게 거한이 탁자를 내리쳤다.

2

쩌억—

나무탁자가 반으로 쪼개졌다.

대단한 용력을 선보인 거한이 벌떡 일어났다.

모두의 시선이 집중됐다.

거한이 사납게 일갈했다.

"네놈, 당장 꺼져라!"

"……"

독고월은 두 눈을 감았다.

그걸 겁먹어서 그랬다고 여긴 거한은 길길이 날뛰었다.

"그렇지 않으면 내 네놈의 모가지를 비틀고 말 것이다. 감히 비렁뱅이가 주제도 모르고 임지……!"

"대인!"

갑작스러운 외침에 거한은 말을 채 끝맺지 못했다.

외침의 주인이 쪼르르 들어왔다.

독고월과 같이 있던 사환이었다. 독고월의 앞에서 허리를 반으로 접은 사환이 상기된 얼굴로 재잘댔다.

"헥헥, 말씀하신 걸 싹 다 준비해놓았습니다."

"잘했다."

손을 뻗어 사환의 머리를 쓰다듬어준 독고월이었다.

"헤헤, 그럼 남은 돈은 어찌할까요?"

"이 객잔에서 가장 잘하는 요리와 술을 준비해두고, 남은 돈은 알아서 하거라."

"정말요? 역시 대인이십니다!"

사환이 입을 함지박만 하게 벌렸다. 그러다 얼른 허리를 반으로 접었다.

"그럼 전 잽싸게 가서 준비해놓겠습니다!"

사환이 숙수실로 쪼르르 달려갔다.

졸지에 외면당한 거한의 얼굴이 울긋불긋해졌다. 저 발랄한 애새끼에게 무시당했다고 따지기엔 낯이 안섰다.

독고월은 거한을 향해 느긋하게 웃어주고는 객실로 올라갔다.

이상해진 분위기에 객잔 주인은 말릴 새도 없었다. 자초지종을 묻기 위해 얼른 사환의 뒤를 따랐다.

거한만이 이러지도 저러지도 못하고 있었다. 그러다 임지약 쪽을 바라봤다. 면사를 썼는데도 미모가 바라지 않았다. 일생에 한 번 볼까말까 한 미인을 앞에 둔 그였다.

모름지기 사내라면 칼을 뽑았으면 무라도 썰어야지.

거한은 임지약에게 포권했다.

"이 혈부(血斧) 도중산이 임지약 소저의 노여움을 풀어 주겠소이다."

"네?"

임지약이 미처 반응하기도 전에 거한은 쿵쾅 걸음으로 뒤쫓아 올라갔다.

혈부 도중산은 절정을 코앞에 둔 흑도인이었다.

권노가 걱정스러웠는지 슬며시 전음을 보냈다.

ㅡ망나니로 소문난 작자입니다. 실력도 실력이지만, 여인에게 몹쓸 짓을 하기로 유명합니다. 하니…….

뒷말은 들어보지 않아도 알았다. 이만 떠나자는 말이었다. 도중산이 놈을 죽이고 행여나 임지약에게 행패를 부릴까 봐 걱정된 것이다.

ㅡ기다리죠. 도중산은 그때 가서 걱정하면 될 일이에요.

임지약은 조소를 흘렸다. 이래 되나 저래 되나 매한가지다. 그 시기가 앞당겨지느냐 마느냐에 불과했다. 참으로 박복한 인생이다. 입맛이 써왔다.

"하아."

한숨을 내쉰 임지약은 탁자에 놓인 술잔을 들었다. 면사를 풀어내고 입술에 술잔을 댔다.

주위에서 탄성이 흘러나왔다. 하늘에서 선녀가 강림한 듯한 그녀의 외모 때문이었다.

무림제일미란 소문은 과장되지 않았다.

객잔 안에 있던 사내들은 혈부 도중산에게 선수를 뺏긴 걸 부러워했다.

도중산이 그 이상한 비렁뱅이를 죽여 그녀의 환심을 사려할 것이다.

개중엔 임지약에게 도중산이 행패를 부리면, 나서서 그녀의 환심을 살 생각도 품고 있었다.

소문대로의 도중산이라면 그러고도 남았으니까.

한 식경이 지났다.

객잔의 분위기가 점점 이상해졌다.

임지약도 초조했는지 계단 쪽을 흘끗거렸다. 이쯤 되면 도중산이 오고도 남을 시간인데, 감감무소식이었다.

"아씨, 이게 대체 어찌 된 걸까요?"

"……."

오히려 임지약이 묻고 싶은 말이다. 혹 그 거지가 운이 좋아 도망쳤다면, 도중산이 빈손으로라도 내려왔음이 분명했다. 한데 도중산은 내려올 생각을 하지 않았다.

객잔 안의 모두가 궁금해하던 찰나.

저벅저벅.

계단에서 들려오는 발걸음 소리에 시선이 집중됐다.

도중산이 온 걸까?

그렇다면 피라도 뚝뚝 떨어지는 머리를 든 거한이 내려와야 하는데.

계단을 통해 내려온 이는 약관의 청년이었다.

보는 것만으로도 눈이 부실 정도로 새하얀 백의장삼을 입은 청년은 선풍도골이라는 말이 어울릴 정도였다. 짙은 검미와 깊고 맑은 눈동자가 새하얀 피부와 대조되어 더욱 빛을 발했다.

객잔주인이 고개를 갸웃거렸다. 저런 귀한 공자를 손님으로 받은 기억이 없어서다.

그 모호한 시선들 속에서 경악으로 부릅뜬 시선 하나가 있었다.

바로 임지약이었다.

어째서 저 사내가 여기에 있는 거지?

술잔을 든 손이 바르르 떨렸다. 불길한 예감이 들었다.

군계일학이란 말이 어울릴 정도로 헌앙한 청년이 점점 다가오는 중이다.

설마!

권노는 미처 말릴 생각도 못했다.

백의공자의 외모도 외모지만, 신비한 분위기는 쉬이 말 걸기 어려웠다.

"여기다."

나지막한 그의 목소리에 음식을 들고 나오던 사환이 쪼르르 달려왔다.

"대인 아니, 공자님이라고 해야겠군요. 이렇게 젊고 잘생기신 공자님이란 걸 소인은 이미 짐작하고 있었습니다! 제가 사람보는 눈 좀 있거든요."

"입에 침이나 바르고 말하거라. 종전까지 거지취급을 하던 게 네놈 아니더냐?"

"헤, 헤헤!"

탁, 탁.

사환은 멋쩍게 웃고는 탁자 위에 음식을 올려놓았다. 허리를 꾸벅 숙이고는 숙수실로 들어갔다.

그 모습에 모두의 입이 쩍 벌려졌다. 침까지 흘러내렸다.

아까의 그 지저분한 거지와 눈앞의 귀티 나는 미청년이 동일인물이란 건, 도무지 믿기 어려웠다.

말 그대로 천양지차다.

다른 이들이 이렇게 놀랄진대.

어정쩡하게 서 있는 권노는 어떻겠고, 청년과 대면까지 한 임지약은 어떻겠나?

덜덜.

임지약은 보기 애처로울 정도로 온몸을 떨어댔다. 이까지 딱딱 맞부딪쳤다.

지켜보던 권노는 임지약을 볼 정신머리가 없었다.

"따, 따라들어간 그 거한은 어찌하시고?"

아까와 달리 묻는 어투가 공손해졌다. 행색이 달라지면 태도도 달라지는 게 세상이다.

독고월은 음식 한 점을 입에 집어넣으며 말했다.

"그 덩치? 피곤하다고 먼저 잘 테니 깨우지 말라더군."

"그, 그게 무슨?"

의미심장한 말에 권노가 더듬거리며 되물었다. 혈부 도중산의 지랄 맞은 성격이 유명했기에 믿을 수가 없는 말이었다.

"내가 확인해보고 오겠소."

한 사내가 얼른 객실로 올라갔다. 혹시나 싶은 것이다.

잠시 뒤.

당황한 음성이 계단에서 들려왔다.

"주, 죽었어!"

"뭐? 정말로?"

주위가 술렁이기 시작했다.

청년을 죽이러 갔던 혈부 도중산이 죽었다는 것이 말하는 건 단 하나.

저 청년이 도중산을 처리한 것이다.

채채채챙!

객잔 안의 있던 흑도사내들이 일제히 병장기를 꺼내 들

었다.

척 보기에도 정파인처럼 보이는 청년이었다. 입은 의복도 그렇고, 분위기도 그랬다.

아니지!

그런 잡다한 이유는 다 집어치우고, 임지약의 환심을 살 절호의 기회였다.

도중산이 방심해서 당한 거라 여긴 그들이었다. 기생오라비 같은 청년에게서 느껴지는 기운은 미미했다.

임지약을 위해 나섰던 도중산이 죽었으니, 청년을 치기 위한 명분도 충분했다.

흑도사내들이 눈에 불을 켜고 달려드는 찰나의 순간.

독고월이 나직하게 읊조렸다.

"저들에게 나에 대해 말해주는 호의를 베푸는 건 어떠냐? 넌 길 가던 거지에게 호의를 베풀고도 남을 계집 아니더냐?"

"......!"

권노가 계집이란 소리에 분개하려고 했지만, 곧 놀란 눈을 했다. 임지약이 덜덜 떠는 와중에도 환한 미소를 짓고 있어서다.

"부, 불 속에 뛰어든 불나방들에 불과한 걸요. 저하곤 상관없는 자들이에요."

"하하."

"호……!"

배시시 따라 웃으려던 임지약의 얼굴이 딱딱하게 굳었다. 이어진 독고월의 말 때문이었다.

"이거 골 때리는 계집일세."

3

자신들이 어떻게 돼도 좋다는 말이었는데도, 정작 임지약을 무시하는 발언에 눈이 뒤집힌 흑도사내들이었다.

"이노오옴!"

그들은 흉흉한 기세로 달려들었다.

"흥!"

조소를 흘린 독고월이 탁자를 손바닥으로 파악— 내려쳤다.

촤아아.

젓가락 통에 있던 젓가락들이 일제히 흩날렸다.

한데 탁자 위에 있던 음식은 미동도 하지 않았다.

탁자와 음식은 멀쩡한데, 젓가락들만 튀어 올랐다.

달려들던 이들의 눈이 휘둥그레졌다. 뭔가 잘 못돼가고 있단 걸 느꼈으나 이미 늦었다. 병장기를 든 채 다가오던 이들의 눈동자가 커졌다. 그 커진 검은 눈자위에 공중으로 비산한 젓가락이 맺혔다.

스윽.

독고월이 가볍게 손을 털었다.

흑도사내들이 의아할 새도 없이.

슈슈슈슈슈슉!

젓가락 하나하나가 암기가 되어 쏘아졌다. 이기어검(以
氣馭劍)의 고절한 수법을 응용한 것이다.

"우아악! 피해!"

"이런 제길, 고수다!"

"도, 도망쳐!"

쏜살같이 날아오는 젓가락에 흑도사내들이 혼비백산했
다.

따다다다다닥!

암기가 되어 날아온 젓가락이 그들의 등과 배를 두들겼
다.

"커헉!"

젓가락에 담긴 어마어마한 경력에 그들은 그대로 객잔
밖으로 나가떨어졌다.

후웅!

개중 실력 좀 있는 이는 도를 반사적으로 휘둘렀지만,
결과는 같았다. 도는 허공만 헛되이 갈랐다.

퍼억!

젓가락이 복부에 꽂히는 걸 본 사내.

와장창!

툭 불거진 눈을 한 채 그대로 객잔 창문을 뚫고 나갔다.

객잔 안에서 멀쩡한 이는 독고월과 임지약, 권노 그리고 객잔에서 일하는 이들뿐이었다.

털썩.

객잔 주인은 벌벌 떨면서 주저앉았다. 설마 거지 같은 몰골을 한 이가 엄청난 고수였을 줄은 꿈에도 몰랐다. 자신이 한 말도 뒤이어 떠올랐다. 제 입을 바늘로 꿰매버리고 싶을 지경이었다.

객잔 주인이 그럴진대, 권노는 어떨까?

덜덜.

노쇠한 두 다리가 바람결의 사시나무 떨 듯 흔들렸다. 권노 또한 무공을 익혔기에 알았다. 지금 독고월의 한 수가 어느 정도의 수준에 이르러야 펼칠 수 있는 건지.

아무리 못해도 절정고수.

권노는 자신이 내뱉은 모진 말들에 눈앞이 아찔했다.

털썩.

"호, 호걸님 용서해주십시오. 귀인을 몰라 뵙고 허언을 내뱉었습니다. 부디 용서해주십시오!"

권노는 무릎부터 꿇고 봤다.

독고월은 권노에게 시선조차 주지 않았다. 그저 눈앞에

놓인 음식들로 배를 채울 뿐이었다.

쪼르르.

임지약이 사환이 놓고 간 술병을 들어 독고월의 잔을 채워줬다. 가만히 있기 민망한 것도 있지만, 다시 한 번 찾아온 기회를 놓치고 싶진 않았다.

따지고 보면 독고월이 정체를 숨겼기에 벌어진 사달 아니던가.

임지약은 자신에겐 잘못이 없다 여겼다. 게다가 자신은 독고월을 마차에 태우는 호의까지 보여줬다. 오해에서 비롯된 일이라 우기면 될 일이었다.

꽃같은 얼굴에 아름다운 미소가 피어났다.

"아까의 일은 제가 사과드릴게요. 그리 거절 받을 줄 몰라 가뜩이나 상심한 터라, 오해해서 그런 거니 노여움 푸세요."

"오해?"

"네에."

"개밥 준 게 오해란 말이냐? 그건 호의라며."

"아, 아니요. 그게 아니라 제가 공자님을 못 알아보고, 섭섭함을 토로한 걸 말하는 거예요."

당황하는 와중에도 그녀는 살살 눈웃음쳤다. 화난 사내를 어찌 대해야 하는지 잘 알고 있는 듯했다. 다른 이라면 풀리고도 남을 것이다.

152 귀해 3

독고월은 먹던 젓가락을 내려놓았다.

"두 번 섭섭해했다간 다 뒈져나가겠군."

"⋯⋯!"

눈을 살짝 내리깐 임지약의 속눈썹이 파르르 떨렸다. 눈물을 흘리려는 듯한 가녀린 모습이었다.

독고월은 그걸 계산된 행동이라고 여겼다.

"외모에 대한 자부심이 상당해. 그래, 네가 무림제일미라고?"

"예, 저희 아씨야말로 이 강호에서 가장 아름다운⋯⋯!"

권노가 끼어들어 어떻게든 만회해보려고 했으나, 독고월의 서릿발 같은 눈빛에 입을 다물었다.

"아직도 있었나?"

"예? 그게 무슨 말씀인지."

권노가 감을 못 잡자, 임지약이 얼른 나섰다.

"권노, 얼른 나가 봐요."

"예, 예! 알겠습니다."

눈총을 주자 권노가 얼른 자리를 피해줬다.

임지약이 소매로 입을 가리고 웃었다.

"호호, 좋은 사람인데 눈치가 좀 없어요. 소녀가 대신 사과드릴게요."

"좋은 사람은 다 얼어 죽었지."

독고월이 잔을 비워냈다.

쪼르르.

기다렸다는 듯이 임지약이 독고월의 빈 잔을 채워줬다. 화사한 미소도 잊지 않았다. 어떻게든 마음에 들려고 애를 썼다.

보기 애처로울 지경이다.

"소녀가 아까 했던 생각 없는 말은 잊어주……!"

"여인을 괴롭히는 취미는 없으니 이쯤 하지."

독고월은 그녀의 말을 가볍게 자르며 일어났다. 대화를 지속해나갈 이유가 없었다. 하도 어처구니가 없어 나선 일이나, 애초부터 의미 없는 일이었다.

"고, 공자님."

덥석.

임지약이 당황한 나머지 독고월의 소매를 붙들었다. 눈앞에서 대어를 그냥 보내기가 너무 아쉬운 것이다. 이런 일로 엮인 것도 운명이라 여겼다.

독고월은 달리 생각했는지 소매를 빼냈다.

"네가 무림제일미라고?"

"그냥 허명일 뿐이에요."

"잘 아네."

"네, 네?"

임지약은 목덜미까지 벌게졌다.

독고월은 머릿속에 떠오른 두 사람에 쓰게 웃었다.

설부화용이란 말이 딱 맞는 모용설화.

"두 번째… 아니지."

"공자님 그게 무슨 소리인지 잘 모르겠어요."

임지약이 어색하게 입꼬리를 올렸다.

그 딱딱한 미소를 보자, 단순호치(丹脣皓齒)란 말이 어울리는 초난희의 미소가 떠올랐다. 단정하게 빗은 흑단 같은 머릿결과 참으로 잘 어울렸었다.

내가 미쳐도 단단히 미쳤지.

"한 서너 번째… 것도 아니지. 내가 아는 애만 해도 어디 보자. 빙후도 있었네."

"무슨 말씀이에요?"

"뭐? 아직도 몰라? 미모로 네가 제일이 아니란 이야기를 하는 거잖아?"

"네에?"

"성격만 나쁜 줄 알았는데 머리도 나쁘지."

"……!"

임지약은 고개를 푹 숙였다. 치미는 모멸감을 참을 길이 없었다. 꽉 쥔 작은 주먹에선 혈흔마저 보였다.

독고월은 손을 뻗어 임지약의 턱을 살짝 들어 올렸다. 표독스러워진 눈매가 제법 인상적이었다.

"그래도 뭐, 어디가서 소박맞을 정도는 아니네."

그녀를 뒤로한 독고월이 객잔을 나서다 멈췄다.

눈이 마주치자 객잔 주인이 석상처럼 굳었다.

빳빳해진 전표 한 장이 쏜살같이 날아왔다.

푹!

그 빳빳한 전표는 탁자에 박힌 것도 모자라 쑥 들어갔다. 모서리만 빼꼼히 고개를 내밀고 있었다. 탁자를 쪼개도 무사히 빼낼 수 있을까 싶을 정도로 깊게 박힌 것이다.

"그 정도면 충분하지?"

독고월이 널브러진 탁자들과 의자, 구멍 난 객잔의 벽들을 가리켰다.

객잔 주인이 괜찮다고 사양하려 했지만.

"괘, 괜……!"

"왜 더러워서 못 받겠느냐? 거지새끼가 주는 거라서?"

"저, 절대 아닙니다! 감사히 받겠습니다."

객잔 주인이 어색하게 웃었다. 한데 탁자에 올린 손을 수전증에 걸린 사람처럼 떨어댔다. 손가락 한 치 앞에 쑥 들어간 전표가 그렇게 무서울 수가 없던 것이다.

4

갈 길이 멀지 않아 변덕을 부렸는데, 결과적으로 괜한 짓이었다.

허울만 번드르르한 여인네를 상대로 뭔 짓을 한 건지 원.

그 덕에 초난희 고 계집애에 대한 평가를 달리할 순 있었다.

과거엔 수상한 것도 모자라 정신 나간 계집인 줄 알았는데, 나름의 이유도 있었고, 또 이런 일을 겪어보니 제법 괜찮은 구석이 있어 보였다.

"그나저나 정말 죽었다고 봐야 하나?"

솔직히 독고월은 흑야가 초난희의 시체를 가져오지 않길 바랐다. 봉분에 아무것도 없어서 흑야가 가져갔는지 확인하기 위해 그런 제안을 한 거였지만, 고 계집이 살아있었으면 했다.

희망도 있었다.

예언을 밥 먹듯이 하던 계집이니까 제 살 길을 모색해놨겠지.

묻고 싶은 게 너무 많았다.

대체 어떤 해괴한 짓을 해놨기에, 사람을 이리도 헷갈리게 해놨는지 궁금해서 미칠 지경이었다.

"스승이란 작자를 찾는 게 우선이지. 그러려면 서문평 그 꼴통이 필요하고."

독고월은 인상을 그었다. 서문평을 떠올려서가 아니었다. 자신을 뒤따라오는 마차 때문이었다.

덜컹, 덜컹.

고개를 돌리자 임지약이 마차를 끌고 독고월을 향해 날듯이 달려왔다.

"자, 잠깐만 기다려주세요!"

임지약이 참담한 표정으로 외쳐댔다.

두두두두.

비적으로 보이는 한 떼의 인마가 마차를 뒤쫓고 있었다. 한데 권노란 늙은이는 보이지 않았다.

히히힝!

마차가 독고월 앞에 멈춰 섰다.

"저 좀 살려주세요!"

임지약이 마차에서 뛰어내려 독고월의 바짓가랑이를 붙잡았다.

순식간에 비적 떼가 독고월과 마차 주위를 빙 둘러 에워쌌다.

와지끈!

비적 중 하나가 마차와 말을 잇는 이음 장치를 박살 냈다.

이히힝!

"워워."

놀란 말을 진정시킨 비적이 흉소를 머금었다. 그리곤 주위를 둘러보며 길게 휘파람을 불었다.

삐이익—

두두두두.

이에 호응이라도 하듯 땅이 진동했다. 근처에 매복하고 있던 비적들이 모두 몰려온 것이다.

무공은 이류 남짓, 숫자는 일백 정도 되어 보였다.

개중 피문은 언월도를 든 거한이 제법이었는데, 우두머리인지 절정의 무위를 지니고 있었다. 비적 떼로 치부하기엔 제법 수준이 괜찮았다.

비적들이 빙 둘러 에워싸자, 임지약이 벌벌 떨었다.

다각다각.

제 체구에 딱 맞는 말을 탄 거한이 다가왔다. 언월도를 들어 독고월을 향해 겨눴다.

"네놈이 내 의제를 죽였다고 들었다."

"의제?"

독고월이 되묻자, 거한 광산이 한 자 한 자 힘주어 말했다.

"혈부 도중산."

"누군데, 걘?"

정말 몰라 묻는 듯하자 광산이 임지약을 노려봤다.

"네 이년, 감히 본좌를 우롱한 것이냐?"

"아, 아니에요. 이⋯⋯!"

"만약 그렇다면 방금전 그 늙은이처럼 가랑이를 찢어

죽여줄 거니, 사실대로 말하는 게 좋을 것이다."

"이, 이 사람이 맞아요."

권노의 처참한 죽음을 떠올린 임지약이 공포에 질렸다. 손을 들어 독고월을 가리켰다.

"어서 말해요. 객잔에서 도 호걸이 당신 뒤를 쫓았다고 죽였잖아요!"

"아, 내가 목욕하고 있는데 문을 부수고 들어온 그 발정 난 놈을 말하는 거군."

의미심장한 말에 침묵이 흘렀다. 눈앞의 백의장삼을 입은 청년이 빼어나게 잘생긴 탓이었다.

광산이 벌게진 얼굴로 소리쳤다.

"본좌의 의제를 모욕하지 마라! 이 근방 여인이란 여인은 죄다 건드렸을 정도로 호방하단 말이다!"

"그걸 자랑이라고 하냐?"

독고월이 혀를 찼다.

경멸하는 눈초리에 광산이 험악한 인상을 일그러뜨렸다.

"내 의제를 죽인 대가를 치러야 할 것이다. 팔다리를 모두 잘라 남색가에게 넘……!"

빠악!

폭죽이 터지는 소리와 함께 말하던 광산의 신형이 뒤로 넘어갔다.

쿵!

말에서 떨어진 광산이었는데, 어깨 위에 있어야 할 물건
이 사라졌다. 피가 콸콸— 쏟아져 땅에 웅덩이를 만들었
다.

"뭐, 뭐야?"

"누, 누구냐!"

주위에 있던 비적들은 어찌 된 영문인지 몰랐다.

독고월이 땅에 손을 뻗었다. 그리고 돌 하나를 쥐며 말
했다.

"옜다."

"뭐, 뭐……!"

무슨 말인지 몰라 되물으려던 비적이 예의 폭죽 터지는
소리를 내고 쓰러졌다.

독고월이 돌 하나를 다시 주웠다.

"저놈이다!"

그제야 어찌 된 영문인지 깨달은 비적들이 일제히 활을
겨눴다.

한 손으로 돌을 던졌다 받은 독고월이 한숨을 내쉬었다.

"일일이 던져 맞추기도 귀찮군."

쿠우웅!

독고월이 사정없이 진각을 밟았다.

두두두두두두.

지진이라도 난 것처럼 지면이 요동쳤다.

이히히힝!

겁먹은 말들이 일제히 앞발을 들어 올렸다.

"워, 워어. 워어!"

"뭐, 뭐야 이건!"

히히힝!

놀란 말들이 내달리기 시작했고 단발 마의 비명과 함께 비적들이 낙마했다.

"커헉!"

"피, 피해라!"

공포에 질린 말들이 내달리기 시작하자, 비적들이 말들을 피하느라 정신이 없었다. 운 좋게 안 떨어진 비적들은 말 위에서 어떻게든 멈춰 세우려 했으나, 공포에 질린 말들은 주인의 명을 거부했다.

두두두두.

미친 말들의 질주가 뿌연 먼지를 일으키며 사라졌다.

비적들이 황망한 표정으로 그걸 바라봤다.

우두머리를 잃은 것도 그렇고.

말들을 잃은 것도 그렇고.

갑작스러운 상황의 연속에 자신들에게 죽음의 그림자가 드리워진 걸 느끼지 못했다.

"그저 명줄이 짧은 걸 탓해라."

시산혈해(屍山血海)를 이룬 전투였지만, 백 명이 넘는 이들이 반항 한 번 못 해보고 죽었다.

생존자는 독고월을 포함해 단둘 뿐이었다.

그중 하나인 임지약은 넋이 나갔다.

혈부 도중산이 당한 소식을 듣고 객잔에 난입한 광산을 비롯한 백여 명이 넘는 인원이라면, 절정무인으로 짐작되는 그를 죽일 수 있을 거라 여겼었다. 비적들의 분위기와 숫자에 휩쓸린 탓이다.

권노가 처참하게 죽는 걸 보면서도 자신의 육체와 광산의 복수심을 이용하려 했지만.

저벅저벅.

죽음의 그림자가 그녀에게도 드리워졌다.

임지약이 무림 정세에 어두워 독고월이라는 이름 석자가 가지는 의미를 모른 게 컸다. 귀 닫고 자신의 무기인 외모만 필사적으로 가꿔왔다.

"사, 살려주세요. 이들이 안내해주지 않으면 절 죽인다고 해서 어쩔 수 없이 그랬어요."

임지약은 눈앞에서 자신을 내려다보는 그에게 애원부터 했다.

독고월이 손을 들어 그녀의 머리에 댔다.

"안다."

"제발요, 살고 싶어서 그랬어요. 뭐든지 다할게요. 공자님이 원하면 당장에라도 몸을……!"

"그만."

독고월은 임지약의 입을 막았다. 그리곤 손을 뻗어 그녀를 일으켰다.

임지약은 어리둥절해했다. 흔들리던 눈빛이 점점 자리를 찾았다.

"요, 용서해주시는 건가요? 절 거둬만 주신다면 공자님께 제 모든 걸 바칠게요!"

휘익!

독고월은 대꾸하지 않고, 휘파람을 불었다. 그의 기감에 잡힌 것이 있어서다.

임지약이 주위를 황망히 둘러봤다.

다각다각.

말 한 필이 다가오고 있었다. 임지약이 끄는 마차에 메어있던 두 필의 말 중 하나였다. 겁먹었다가도 제가 끌던 마차로 돌아온 거다.

독고월은 그 말이 자신이 콧잔등을 쓸어줬던 말임을 알았다.

푸르르.

투레질치며 다가온 말의 눈동자는 여전히 겁먹었지만,

독고월의 부드러운 손길에 얼굴을 기대었다.

"만약 네가 무공을 제대로 익힌 무인이었다면 난 널 죽였다."

"아, 아아!"

차가운 눈빛에 임지약은 감히 눈도 마주치지 못했다.

독고월은 표독스러운 눈빛을 보였던 임지약의 모습을 떠올렸다.

"힘이 없기에 어쩔 수 없이 한 선택이라고 하나 괘씸한 건 사실이지."

"흐흑."

임지약은 눈물만 뚝뚝 흘렸다. 다시 공포로 물들었다. 행여 자신의 얼굴에 해코지라도 하면 어쩌나 싶은지 무척이나 두려워했다.

독고월은 말의 고삐를 건네줄 뿐이다.

"가."

"네, 네?"

임지약이 고삐를 쥐며 당황했다. 자신이 들은 말이 믿기지 않은 듯 되물었다.

"저, 절 살려주시는 건가요?"

"죽일 가치도 없다."

가슴속을 시리게 만드는 말이었다. 임지약은 고개 숙인 채 눈물만 흘려보냈다.

독고월은 뒤도 안 돌아봤다.

우르릉!

마른하늘에 날벼락 치는 소리가 터져 나왔다. 독고월이
섬전행을 펼쳐 떠나간 것이다.

털썩.

임지약은 일어섰다가 다리에 힘이 풀려 다시 주저앉았
다. 뜨거워진 눈가에선 눈물만이 하염없이 쏟아졌다.

"으, 으으!"

퍼렇게 질린 입술에서 억눌린 울음소리가 새어나왔다.
곧 오열로 변하였다.

"으으, 으흐으윽!"

죽는 것보다 더한 비참함이 엄습했다.

그는 끝까지 그녀를 초라하게 만들었다.

第 6 章

第 6 章.

1

용봉대전.

정파의 후기지수들이 한데 모여 서로의 실력을 겨루는 자리였다. 특히 이번 용봉대전은 신임 무림맹주인 북리천극이 특별히 신경 썼기에, 기존에 비해 배는 더 많은 운영 비용을 들였다.

상금은 물론, 참가하는 자라면 눈독을 들이고도 남을 부상을 준비해왔는데.

올해의 부상은 대단했다.

무려 창천검.

인의무적 남궁일이 쓰던 애검이었다. 이게 무슨 의미냐고 묻는다면 그야말로 바보천치였다.

남궁일.

이 이름 석자가 정파의 후기지수들에게 어떤 영향을 미치는지는 굳이 말할 것도 없었다.

용봉대전 접수대.

그걸 보고 닭똥 같은 눈물만 뚝뚝 흘려대는 아이만 봐도 알만하잖은가.

"끄, 끄윽!"

더럽다는 생각이 절로 들 정도로 눈물콧물로 범벅이 된 얼굴의 주인, 서문평은 하염없이 바라만 보고 있었다.

접수대가 코앞인데 아무것도 할 수가 없다니.

"끄윽, 끄윽!"

"소협, 그만 우세요."

옆에 있던 아민이 얼른 무명천으로 서문평의 얼굴을 닦아주지만, 서문평의 울음은 그칠 줄 몰랐다.

대체 무슨 일이길래 저리 서럽게 우는 걸까.

보다 못한 모용설화가 나섰다.

"평아, 이제 그만 뚝 그쳐야지. 언제까지 이러고 있을 거니?"

털썩.

서문평은 털썩 주저앉았다.

아민이 한숨을 내쉬며 쪼그려 앉았다. 서문평의 눈물을 닦아줄 요량이었다.

서문평은 이마저도 거절하였다.

"차, 창천검이… 끄윽! 저 검이 내 검… 끄윽! 남궁일 대협이 기다리는… 끄윽! 다른 사람이 안 돼에에!"

도대체가 무슨 소리인지 하나도 못 알아먹겠다.

모용설화가 한숨을 포옥 내쉬며 모용준경을 바라봤다.

"어쩌죠, 오라버니?"

"그러게 말이다. 내가 괜한 말을 한 거 같구나."

모용준경이 난처한 표정으로 뒷머리를 긁었다.

사건의 발단은 이러했다.

서문평이 잔뜩 상기된 표정으로 용봉대전의 접수대에 도착했다.

같이 왔던 모용준경이 갑자기 든 생각을 입 밖으로 꺼낸 게 문제였다.

"근데 평아."

"예?"

막 접수를 하려고 발걸음을 뗀 서문평이 의아한 표정으로 올려다봤다.

그 큰 눈이 끔뻑여지는 걸 보며 모용준경이 한숨을 내쉬었다.

"용봉대전에 참가하게 되면 말이다. 네 이름으로 등록하게 되잖아."

"당연히 그렇습니다. 창천검의 주인은 이미 정해졌습니다."

여전히 상황파악 못 한 서문평이 발랄하게 대꾸했다.

속으로 혀를 찬 모용준경이 맹점을 짚어줬다.

"용봉대전은 정파인들의 축제란 말이야. 하면 서문세가의 사람들도 있을 거고. 평이가 참가하는 즉시 서문세가에 알려지게 되잖아? 그럼 서문세가에서 가만히 있을까?"

"……!"

서문평은 말문이 꽉 막혔다. 자신의 처지가 새삼 생각난 것이다. 서문세가에서 집 나간 자신이 용봉대전에 참가하는 걸 알게 된다면.

지금까지와 달리 서문세가는 결코, 좌시하지 않을 것이다.

"벼, 변장을 하면 문제없습니다."

서문평의 애처로운 호구지책이었다.

모용준경이 그 호구지책을 곧바로 폐기하게 하였다.

"신분이 불 확실한 사람은 참가할 수 없잖아. 또 거짓 신분을 말했다고 쳐. 무림맹의 비각(秘閣)을 속일 정도로 정보를 조작할 능력은 되고? 그리고 네가 익힌 무공은 어쩔 거야? 그 서문세가의 표식이 떡하니 새겨진 검은 또 어쩔 거고? 만에 하나 정말 운이 좋아 속였다고 쳐. 너 용봉대전에 참가한 다른 후기지수들을 이길 실력은 돼? 최소가 일류수준인데?"

"오라버니, 그 정도만 해요."

너무 몰아붙이는 듯하자 모용설화가 살짝 나무랐다.

모용준경을 보는 아민의 눈빛도 얼음장처럼 차가워졌다. 왜냐면 서문평의 그 큰 눈동자에 눈물이 고이는 중이었다.

모용준경은 아차 싶었지만 이미 늦었다.

"끄으으으!"

결국, 애를 울리고 말았다.

그렇게 해서 서문평이 이렇게 나라 잃은 사람처럼 울고 있게 된 것이다.

본의 아니게 애를 울린 모용준경은 달래주려고 했지만, 근본적인 해결책이 아니었다.

서문평의 애절한 시선이 머문 곳은 용봉대전이 벌어진 단상, 그 위에 부상으로 놓이게 될 창천검의 빈자리였다.

"안 돼에에……!"

"뭐가 안 된다는 거냐?"

느닷없이 들려온 목소리에 서문평이 오열을 멈췄다. 고개가 천천히 돌아갔다. 익숙한 그 목소리는 오매불망 그리워하던 자의 것이었다.

모용준경과 모용설화의 얼굴에 화색이 돌았다.

"독고 형."

"독고월 오라버니!"

"형니이이임!"

본 지 며칠이나 지났다고 이리 반가워들 하는 건지.

왠지 모를 낯뜨거움을 느끼던 독고월이 곧 질색한 얼굴을 했다.

눈물콧물로 범벅이 된 서문평의 더러운 얼굴이 막 의복에 닿으려 해서다.

턱.

물론 서문평은 뜻을 이룰 수가 없었다. 초절정 무인인 독고월의 발이 이미 얼굴에 대어졌다. 그 발에 의해 서문평의 신형이 쭉 밀리다 못해 쓰러졌다.

털썩.

"아이고."

"소협, 괜찮으세요!"

걱정한 아민이 얼른 다가왔으나 결과적으로 쓸데없는 짓이었다.

서운한 표정을 할만도 하건만, 서문평은 헤헤거리고 있었다. 독고월을 바라보는 눈빛도 희열이 번뜩였다.

"형님, 너무 잘 오셨습니다!"

꼬리라도 있으면 미친 듯이 흔들 기세다. 숫제 먹이를 앞에 둔 개 같았다.

저놈이 뭘 잘 못 먹었나?

174

독고월로서는 이해할 수 없는 반응이었다.

※

"그러니깐 나보고 용봉대전에 참가하라고?"

"네, 소제가 존경하는 남궁일 대협의 창천검을 얻지 못하게 된 이상. 유일하게 자격을 갖춘 형님이야말로 창천검의 주인이 될 자격이 있으십니다!"

침을 튀기며 말하는 서문평에 독고월은 인상부터 썼다.

"미쳤느냐?"

"소제는 정상입니다, 형님. 창천검이 저대로 생면부지의 손에 넘어가는 걸 좌시해선 안 됩니다. 이 강호에서 저 창천검을 가져도 될 자격이 있는 사람이 존재한다면 그건 독고월 형님이 유일할 것입니다. 그러니 부디 참가해주세요."

서문평이 다시 활기를 얻은 건 환영할만한 일이나, 모용준경과 모용설화는 불가능하다고 여겼다.

일단 독고월의 성격 자체가 남들 앞에 나서는 걸 싫어했고, 얼마 전에 딱 잘라 거절하던 모습이 떠올랐다. 독고월은 억지로 시키는 걸 굉장히 싫어하는 부류였다.

"용봉대전에 참가할 이유도 없고, 애송이들 노는데 낄 생각도 없다."

역시 독고월은 딱 잘라 거절했다.

서문평은 물러서지 않았다. 작은 두 주먹을 불끈 쥐었다.

"형님, 창천검이 어떤 검인지 아십니까?"

"……."

당연히 누구보다 잘 알았다.

죽은 남궁일이 그렇게 물고 빨아대던 애검을 어찌 모를까.

"창천검은 말입니다. 그 존귀하신 남궁일 대협께서……."

서문평은 창천검이 만들어진 시기며, 누가 만들었고, 어떤 과정에서 남궁일의 손에 쥐어졌는지. 또 남궁일이 패퇴시킨 악인의 계보를 줄줄이 꿰기 시작했다.

듣던 이들이 아연실색할 정도로 서문평은 창천검 아니, 남궁일에 대해 훤히 꿰고 있었다.

독고월이 말문을 잃을 정도였다. 왠지 서문평이 죽은 남궁일의 속옷 개수며 첫 사랑, 첫 연애, 첫 경험까지 속속들이 알고 있을 것만 같았다. 물론 그럴 일은 없을 것이다.

그래도 만약!

남궁일의 개인사로 과거시험을 본다 하면, 서문평은 볼 것도 없이 장원급제다.

뭘 이리 속속들이 알고 있어.

독고월은 왠지 모를 두려움마저 느끼는 중이었다.

마교의 그 광적인 신도들도 제 교주에 대해 이렇게 속속들이 꿰진 못할 것이다.

"해서 창천검은 꼭 독고월 형님께서 취하셔야 합니다."

서문평은 말을 마친 뒤 이상한 분위기를 느꼈다. 나머지 사람들의 황당하다는 표정은 그렇다 치더라도, 질린 얼굴의 독고월은 이해가 되질 않았다.

"응? 왜 그러십니까? 어째서 제게서 한 발짝 물러나시는 겁니까, 형님? 지금 어디 가시는 겁니까, 형님? 왜 절 피하십니까, 형님?"

2

용봉대전이라.

독고월은 머리를 굴려봤다. 이미 흑야가 가진 의도는 알고 있었다. 용봉대전에 집중된 시선을 이용하려는 게 분명했다.

그런 걸 알고 있는 마당에 용봉대전에 참가한다고?

당연히 독고월은 그럴 생각이 없었다.

창천검을 부상으로 내건 무림맹의 의도도 파악되지 않은 상태였다.

서문평은 생긴 것과 달리 끈질기게 굴었다.

객잔으로 돌아오는 중에도 어찌나 옆에서 재잘대던지,
귀에 물이 찰 지경이다.

"한 마디만 더하면 혀를 꼬아서 묶어버리겠다."

"흐읍!"

서문평은 얼른 양손으로 입을 가렸다.

살벌한 경고를 해서야 겨우 조용해진 것이다.

하지만 서문평의 울음은 막을 수 없었다.

"끄윽, 끅!"

"소협, 울지 마세요."

아민이 등을 토닥여줬다.

서문평의 눈물은 그칠 줄 몰랐다.

창천검이 남의 손에 들어가는 게 그리 싫은 걸까.

아민이 모종의 결심을 한 듯이 작은 입을 앙다물었다.
그리곤 독고월의 앞을 가로막았다.

독고월은 인상부터 썼다.

"넌 또 왜에?"

"한 번쯤 재고해주심이 어떠세요?"

"뭐?"

독고월은 그 당돌함에 어이가 없었다.

아민이 눈물만 뚝뚝 흘리고 있는 서문평을 가리켰다.

"보채는 아이에게 젖 물린다는 말도 있잖아요. 저렇게

안타깝게 우는 서문평 소협이 불쌍하지도 않으세요?"

"전혀."

딱 부러진 대답에 아민은 할 말을 찾지 못했다. 독고월이 서문평을 대하는 모습에 불만이 있었던 터라 나선 일이다. 자신이 상관할 일이 아니라고 여겨 지켜보고 있었지만, 이렇게 된 이상 두 팔 걷어붙일 수밖에.

"정말 염치없으세요."

"그러게 말이다. 얼굴 잘생겨, 몸매 죽여, 싸움 잘해, 애들에게 자비심도 있어. 거기다 염치까지 있으면 큰일 나지."

독고월의 이죽거림에 아민의 조막만 한 얼굴이 벌게졌다. 기왕 서문평을 위해 나선 일 끝까지 가기로 마음먹었다.

아민이 팔짱을 끼고 앙칼지게 말했다.

"정말 서문평 소협이 여태 어째서 거지꼴로 다녔는지 몰라서 하는 말씀이에요!"

이건 또 무슨 뚱딴지같은 소리래.

독고월은 물론 지켜보던 모용준경과 모용설화마저 의아해했다.

서문평이 얼른 눈물을 닦고 아민을 말렸다.

"말씀하지 마시오, 아민 소저. 그건 당연히 형님 거요. 그리고 내 아무한테 말하지 말라고 하지 않았소."

"서문평 소협, 소녀를 말리지 마세요. 사람이 염치가 있어야죠. 어떻게 서문평 소협의 야명주는 물론 고액전표들을 가져가 놓고 저리 뻔뻔할 수가 있죠?"

"......!"

독고월은 무슨 소리인가 싶다가, 머릿속에 스쳐 지나가는 기억에 검미를 찌푸렸다. 채주 고웅의 비밀금고에서 얻었던 재화가 떠올랐다.

어쩐지 너무 많은 액수다 싶었는데, 그게 설마 서문평거였단 말인가?

아민의 표정이 샐쭉해졌다.

"이제야 기억이 나셨나 보죠? 저도 알아요. 화전민촌에서의 일은 대단해요. 만약 독고월 공자님이 아니었다면, 서문평 소협은 물론, 화전민촌의 처녀들 모두가 불행해졌겠죠. 그러니 공자님이 가져간 재화가 죽을 뻔한 서문평소협을 구해준 대가라고 하면 할 말이 없어요. 서문평 소협도 재화에 대한 이야기를 곽씨를 통해 듣고 당연하다 여겨 일언반구도 하지 않았으니까요."

"......"

독고월은 서문평을 바라봤다. 민망한 표정을 한 서문평이 아민을 나무랐다.

"그만하시오, 아민 소저. 아무한테도 말하지 않겠다고 약조하지 않았소!"

그제야 모용준경과 모용설화도 서문평이 어째서 거지꼴로 다녔는지 알게 됐다.

서문세가 하면 무공보다 금력으로 더 유명한 곳이 아니던가.

그런 세가의 자제인 서문평이 거지꼴로 다닌 이유가 여기에 있었다.

아민은 서문평에게 고개를 꾸벅 숙였다.

"죄송해요, 소협. 하지만 너무하잖아요. 서문평 소협이 왜 창천검을 원했는데요. 처음에 자신이 갖고 싶어 탐내기도 했지만, 곧 자신에게 어울리지 않는 물건이라며, 독고월 형님께 선물로 드리고 싶다고 그랬잖아요! 자신을 구해 준 은혜를 아직 다 갚지 못했다고."

"아민 소저!"

서문평이 대경실색하며 만류했다.

아민은 아랑곳하지 않았다.

"아무리 생명의 은인이라도, 한 번쯤이라도 서문평 소협이 보여준 진심에 진심으로 대해줬다면, 이런 말 절대 하지 않았을 거예요. 하지만 독고월 공자께선 서문평 소협을 너무 홀대하는 것도 모자라, 귀찮아하니까. 보기에 너무 속상해서…… 흐윽!"

아민의 서글서글한 눈망울에 물기가 맺히기 시작했다. 곧 눈물이 되어 또르르 흘러내렸다.

정작 울던 애인 서문평이 당황한 나머지 얼른 소매를 들어 닦아줬다.

스윽, 스윽.

얼룩진 소매로 눈물을 닦아줬으니, 아민의 하얀 얼굴이 어찌 됐을지는 불을 보듯 뻔했다.

저도 모르게 헉! 소리를 낸 서문평이 민망해했다. 꾀죄죄한 소매라는 걸 잊은 것이다.

"미, 미안하오!"

아민의 예쁘장한 얼굴이 순식간에 지저분해졌다.

독고월의 눈에도 서문평의 옷이 매우 지저분해 보였다.

그러고 보니 서문평은 줄곧 고산채의 동굴에 갇혀 있었다. 한 달도 더 된 옷을 한 번도 갈아입지 않은 게 분명했다.

아민이 이번 일의 내막을 알게 된 것도, 서문평에게 의복을 주려는데 신세 질 수 없다며 자꾸 거절해서 캐물은 덕분이었다. 도저히 그녀 입장에선 서문세가의 자제가 돈이 없어 의복을 똑같은 것만 입고 다니는 게 이해가 되질 않았다.

"괜찮아요."

아민은 냄새나는 소매로 인해 얼굴이 지저분해졌어도 활짝 미소 지었다. 그러고는 독고월을 똑바로 바라봤다.

"한 번만이라도 재고를 해주세요. 공자님이 베푸신 은

혜도 있지만, 서문평 소협이 어떤 마음으로 창천검을 공자
님께 드리려는지 말이죠. 남궁일 대협의……."

"거기까지."

독고월이 손을 들어 막았다. 무슨 생각을 하는지 모를
눈동자였다.

서문평이 눈치를 보며 말했다.

"거짓말입니다, 형님. 저 돈 있습……!"

독고월은 듣지도 않고 걸음을 옮겼다. 점점 멀어지는 중
이었다.

아민이 얼른 모용준경과 모용설화를 바라봤다.

지원해줄 만도 했지만, 둘은 고개를 가로저었다. 무슨
뜻인지는 잘 아나 둘은 제삼자였다. 자신들이 끼어들 수
있는 문제가 아니었다. 둘은 독고월이 어떤 성정을 가졌는
지 알고 있었다. 강요한다고 들은 사람이 아니다.

서문평의 작은 어깨가 축 늘어졌다.

"…내 생각이 짧았소. 형님께서 용봉대전에서 영명을
드높이는 모습만 생각했소. 형님이 남들 앞에 나서는 걸
싫어하는 걸 알면서도 내 생각만 한 것이오."

"하지만……!"

"아민 소저. 이제 그만하시오. 소저가 본인을 생각해주
는 마음은 잘 알지만, 나와의 약조를 어기셨소. 다음부턴
그러지 마시오."

183

"…미안해요."

아민의 순순한 사과에 서문평은 고개를 도리질 쳤다.

"아니오. 입이 가벼운 날 탓해야지 소저를 탓할 일이 아님을 잘 아오. 행여 형님께 부담을 드린 건 아닌지 걱정이 되오."

"……."

아민은 아무런 말도 할 수 없었다. 이렇게까지 독고월을 생각할 줄은 몰랐던 그녀였다.

"평아."

모용설화가 다가와 서문평을 안아줬다. 어린애답지 않은 배려가 그녀의 가슴을 뭉클하게 만든 것이다.

"누, 누님."

당황한 서문평이 몸을 빼내려 했지만, 모용설화는 놔주질 않았다.

모용준경도 다가와 서문평의 머리를 쓰다듬어줬다.

"넌 정말이지 날 부끄럽게 만드는구나. 너를 보니 내가 많이 부족하다는 걸 새삼 알게 됐다. 고맙구나, 이 형의 부족한 점을 일깨워줘서. 그리고 사과하마. 창천검을 가질 실력은 되냐고 했던 허언은 잊어다오."

"아, 아닙니다."

말 못하게 부끄러웠는지 서문평이 손가락을 꼼지락거렸다.

모종의 결심을 한 듯 모용준경의 눈매가 단단해지는 순간이었다.

3

용봉대전은 남녀의 성별을 떠나 순수하게 무공을 겨루는 장이었다. 날고 긴다는 수많은 후기지수 중 최강의 일인을 가리는 비무대회나 다름이 없었다.

가장 단순하고 호쾌한 규칙을 보여주는 수평과 수직.

쓰러진 패자와 일어선 승자로 나뉘는 대회인지라, 정파인뿐만 아니라 많은 이들의 관심을 받았다.

본선도 아닌 예선전이 벌어진 장소가 인산인해인 게 그 증거였다.

저명한 세가의 자제이거나 고명한 스승을 둔 제자가 아니고서는, 반드시 치러야 하는 예선전은 총 스무 개의 비무대가 설치된 곳에서 펼쳐지고 있었다.

거기서 강호 전역에서 몰려든 후기지수들이 서로의 실력을 겨루고 있었다.

강호 중의 강호는 이미 본선에 배정됐다고 하지만, 예선전에 참가한 이들 중에서도 두각을 나타내는 이들도 몇몇 있었다.

하나같이 괜찮은 실력을 지니고 있었는데.

중소방파의 제자들도 있었고, 떠도는 낭인과 군문에 있다가 강호로 뛰어든 이도 있었다. 먼 이역만리에서 온 자들도 보였지만, 승리보다 참가에 의의를 둔 이들이 대부분이었다.

그 정도로 이번 용봉대전은 예년보다 규모가 컸다. 신임맹주 북리천극의 엄청난 포상 덕도 있었지만, 최후의 일인에게 주어지는 부상이 가장 큰 이유였다.

본상인 핵심타격대의 대주란 직함과 전답, 상금은 참가자들에게 중요치 않았다. 부상으로 주어지는 인의무적 남궁일이 쓰던 애검, 창천검이 원인이었다.

온 강호를 떠들썩하게 만드든 것도 모자라, 후기지수들의 가슴에 불까지 지폈다.

그것만 봐도 남궁일을 향한 강호인과 민초의 신망을 알고도 남음이다.

최후의 일인이 되어 인의무적 남궁일 대협에게 직접 창천검을 건네받는 장면을 상상하는 것만으로도, 정파의 후기지수들은 황홀해했다.

물론 수여자로 남궁일 대협이 내정되어 있냐는 건데, 아마도 신임맹주인 북리천극일 가능성이 컸다.

"하아."

죽립을 꾹 눌러쓴 작은 인영이 한숨을 내쉬었다. 주위에서 혹 자신을 알아볼까 저어되어 쓰고 왔는데, 오히려 관심을 끄는 중이었다. 작은 신장에 어울리지 않는 검하며, 죽립을 쓰고 있으니 무진장 수상할 수밖에 없었다.

벌써 주위에선 수상한 애의 등장에 수군거리고 있다.

그걸 아는지 모르는지 서문평은 어두운 낯빛을 했다. 어제부터 독고월의 모습이 보이질 않아서다.

아무래도 자신 때문인 듯해 한숨이 그치질 않았다.

옆에 있던 아민은 서문평을 보며 안절부절못했고, 면사를 쓴 모용설화는 주위를 둘러보느라 여념이 없었다. 누굴 찾는 듯했다.

"오라버니, 어디 갔지? 아침까지만 해도 봤는데."

평소 말없이 사라지고 그러는 사람이 아닌지라, 걱정되나 보다.

탁.

어깨를 툭 치는 손길과 익숙한 목소리가 들려왔다.

"하하, 이 오라버니가 그리 걱정되었느냐? 아침에 잠깐 나갔다 왔……!"

"아니, 꽉 막힌 오라버니 말고. 독고월 오라버니 말이야."

모용설화는 손길의 주인인 모용준경을 보지도 않고 말했다.

"……."

일순 섭섭함을 느낀 모용준경이었다.

모용설화가 서문평에게 물었다.

"평아, 어디 간다는 이야기도 없었지?"

"네, 누님. 혹 기분이 상하셔서 홀로 떠나신 게 아닐까요?"

"…그랬을까?"

모용설화의 낯빛이 어두워졌다. 그가 떠났다는 말이 그렇게 허전할 수가 없었다.

그건 서문평도 마찬가지였는지, 쓴 죽립이 아래로 푹 내려갔다. 그 모습이 제법 귀여웠지만, 가진 상심이 읽히고도 남음이었다.

아민은 옆에서 이러지도 저러지도 못하고 있었다. 서문평이 괜찮다고는 해도 자신이 한 말 때문에 그가 떠났다면, 아민은 서문평의 은혜를 원수로 갚은 거나 다름없었다.

서문평이 얼마나 흠모하는지 잘 알지 않는가.

아민마저 풀 죽은 얼굴로 서문평의 눈치만 살폈다.

모용설화는 모용설화대로, 서문평은 서문평대로, 각자 나름의 생각에 빠져 있었다.

이곳의 분위기는 그야말로 수렁이었다.

모두에게서 소외된 모용준경이 팔짱을 꼈다.

"이것 참, 희소식이 있어서 말해주려고 했건만."

"뭔데요, 오라버니!"

"말해주십시오!"

모용설화와 서문평이 벼락같이 외쳤다.

덕분에 주위의 시선이 쏠렸다.

그 시선 중 모용준경을 알아본 이가 있었다. 준수한 청
년이었다.

"어라? 준경이 아닌가?"

청년을 알아본 모용설화와 모용준경이 동시에 외쳤다.

"남궁민 오라버니!"

"민, 자네!"

세간엔 남궁세가와 모용세가가 앙숙인 줄 알고 있지만,
실상은 그렇지 않았다. 인의무적 남궁일과 모용세가의 가
주 모용선은 둘도 없는 친우였다. 청년시절 무림맹의 청룡
대에 같이 소속된 이래로 계속 친분을 이어온 덕분이었다.
그런 둘이 있었기에 두 세가의 교류는 그 어느 때보다 활
발했었다.

"설화는 더 예뻐졌구나. 이젠 강호제일미라고 해도 믿
겠는데?"

남궁민의 사심없는 칭찬에 모용설화는 배시시 웃었다.
그는 모용설화가 좋아하는 몇 안 되는 사람 중 하나였다.

모용준경도 너무 반가웠는지 남궁민을 얼싸안았다.

"민, 정말 오랜만이네. 그간 잘 지냈나!"

"하하! 나야 잘 지냈지만, 올해는 그렇지 못할 거 같군."

"아니, 왜 그런가? 무슨 일이 있는가?"

"이왕이면 설화가 이리 반가워 해줬으면 좋겠는데. 자네라니 지지리 복도 없어서 하는 말이네!"

"이 사람이, 영매가 알면 서운할 소리를 다 하는군. 안 되겠네, 내 당장 단목세가에 연통을……!"

"이보게, 그러지 말게! 친우가 꼬집어 뜯겨 죽는 꼴을 봐야 시원하겠나."

남궁민이 울상을 지으며 사정하자, 모용준경이 웃음을 터트렸다.

모용설화가 은근한 눈빛을 했다.

"흐음, 이 기회에 민 오라버니하고 포옹(抱擁) 한 번 해보나 했는데 아쉽네요."

"뭐? 그럼 나야 환영이지!"

남궁민의 얼굴에 화색이 돌자 모용준경이 고리눈을 떴다.

"이 친구 안 되겠군! 내 당장 영매에게 찾아가야……!"

"이보게! 농일세, 농!"

남궁민은 바짓가랑이라도 붙들 기세였다. 그 정도로 정인인 단목영령이 무서운 것이다.

"나도 농이었네."

모용준경이 장난기 어린 미소를 짓자, 남궁민이 한숨을 길게 내쉬었다.

"자넨 무슨 농을 그리 무섭게 하는가. 그러니 강호의 재
녀들이 가슴앓이만 하고 다가가질 못하는 게 아닌가. 우리
아인이가 다가갈 여지 좀 주게나."

"하, 하하!"

모용준경이 어색하게 웃기만 하자, 모용설화도 따라 미
소 지었다. 모용준경이 마음에 둔 여인이 남궁아인인 걸
잘 아는 그녀였다.

물론 그건 남궁민도 잘 알고 있었다.

"어머님께서도 자네의 잘난 얼굴 좀 보고 싶으시다고
성화시네."

"자당께선 별고 없으실 테지?"

"그건 와보면 알지 않겠나. 요즘 아인이 때문에 흰머리
가 많이 느셨다네."

"흠, 흠!"

짓궂은 남궁민의 말에 모용준경은 헛기침을 했다. 그답
지 않게 얼굴이 벌게졌다. 모용준경은 화제를 돌리기 위해
얼른 뒤를 돌아봤다.

"아참, 자네에게 소개할 사람들이……!"

"소협!"

아민의 당황한 외침에 셋의 시선이 쏠렸다.

죽립을 쓴 서문평이 비무대로 부리나케 달려가는 중이
었다.

191

第 7 章

第 7 章.

1

"승자! 독고월!"

과거보다 엄청 밝아진 귓가로 들려온 심판의 외침이었다.

서문평의 짧은 다리가 쉼 없이 놀려지고 있었다.

목적지는 스무 개의 비무대 중 하나였다.

익숙한 체형의 청년이 비무대에서 내려오고 있었다.

"혀, 형니이……!"

반가움에 막 소리쳐 부르려던 서문평이 입을 다물었다. 독고월이란 이름을 가진 청년이 처음 보는 얼굴이어서다.

멀쩡한 모습으로 내려오는 청년이 승자가 맞을 텐데, 얼굴이 다르다.

떡이 된 패자는 들것에 실려나갔다.

승자인 청년은 매우 잘빠진 얼굴이 아닌 평범한 얼굴이었다. 저잣거리 어디서나 볼 수 있는 흔해 빠진.

"……."

서문평의 뒤를 따라오던 이들도 화들짝 놀랐다.

특히 모용설화와 아민은 제 눈을 의심하는 중이었다. 승자와 독고월이란 단어를 그녀들도 들었다. 하지만 눈앞에서 흑의무복을 입고 있는 청년은 생면부지였다.

동명이인은 아닐 터.

"이게 대체 어찌 된 거죠?"

모용설화의 의문은 당연했다.

남궁민과 모용준경이 그녀의 뒤에 섰다. 모용준경이 남궁민을 향해 말했다.

"인사하게, 당금 강호에서 혁혁한 명성을 날리고 있는 독고 형이네."

"아! 만나뵙게 되어 정말 영광이오. 준경의 벗, 남궁민이라고 하오."

의연한 태도로 포권을 한 남궁민에 독고월이라 소개된 청년은 고개만 까딱였다. 기분이 충분히 상할 만도 했지만, 남궁민은 전혀 개의치 않았다.

"과연 듣던 대로 호방하오."

어떻게 무례한 모습이 호방함으로 통용되는지 모를 일

이나, 남궁민은 독고월의 깊은 눈동자를 마주한 순간 아무
래도 좋았다.

왠지 모를 친밀감마저 들었다.

"하하! 이거 이상하게 들릴 줄 모르겠지만, 독고 형을 처
음 보는데 이상하게 기분이 좋습니다."

"민, 자네에게 그런 취미가 있는 줄 몰랐군."

모용준경이 짓궂게 복수하자, 남궁민이 쓰게 웃었다.

"예끼! 자네는 정말 못하는 소리가 없군. 그래도……."

솔직히 남궁민은 자신이 왜 이런 친밀감이 드는 줄 몰랐
다.

남궁민이 외가 쪽 피를 많이 탔다고 해도, 혈육이니 그
럴 만도 했다. 생김새도 다르고, 눈빛도 다른데도 뭔가 끌
리는 게 있는 것이다.

"…왠지 낯이 익소."

남궁민은 독고월에게서 시선을 떼지 못했다.

모용준경과 모용설화가 의아해하려는 찰나.

멀리서 남궁민을 찾는 목소리가 들려왔다.

"어이쿠! 내 정신 좀 봐. 가주님께서 얼른 갔다 오라고
하셨는데, 시간을 너무 지체했군."

"혹 그럼 남궁일 숙부님께서도 같이 오셨는가?"

모용준경이 묻는 말에 독고월과 아민을 제외한 모두의
안색에 화색이 돌았다.

서문평이 조막만 한 양손을 맞잡았다.

인의무적 남궁일 대협을 원래는 의숙부라고 해야 함이 마땅하지만, 남궁일이 그리 부르라고 했다. 어려서부터 좋아하고 따랐던 모용세가의 남매였으니.

둘의 기대가 되는 표정을 남궁민이 어찌 모르랴.

남궁민은 씁쓸한 미소를 지었다.

"하하, 그랬으면 좋겠는데… 워낙 공사다망하신 분인지라. 나도 숙부님을 못 본 지 벌써 꽤 됐다네. 통 연락도 없으시고, 당신의 애검인 창천검을 용봉대전의 부상으로 내놓으라는 이해할 수 없는 명만 남기셨다네."

"그런가? 이거 정말 아쉽군. 오랜만에 숙부님을 보게 되는 줄 알고 기대했었는데 말이야."

"그러게요. 남궁일 숙부님을 본 지 꽤 됐네요. 또 협객행을 떠나신 걸까요?"

모용준경은 물론, 모용설화까지 드물게 아쉬워했다.

서문평은 세상이 끝난 표정으로 좌절했다. 혹시라도 먼 발치에서나마 존경하는 남궁일 대협을 보게 되는 줄 알고 기대한 것이다.

"난 이만 가보겠네. 늦으면 가주님께 족히 반나절은 설교를 들어야 해서. 설화야, 아인이가 보고 싶다고 전해달라더라. 꼭 한 번 놀러오거라. 독고 형, 보게 되어 정말 반가웠소. 꼭 다시 한 번 따로 인사를… 그리고 미처 인사를 못 나눈 어린 친구들도 다음엔 통성명하길 기대하지!"

부랴부랴 제 할 말만 하고 남궁민은 급히 달려갔다.

경황 없이 떠난 남궁민을 보며 모용세가의 남매는 실소
했다.

"정말이지 여전하구나."

"그러게요, 그래도 여전한 모습이라서 좋네요. 오라버
니. 언제고 한 번 꼭 남궁세가를 가야겠어요. 아인이도 보
고 싶고."

"크, 크흠!"

모용준경은 괜한 헛기침을 하고는 독고월을 바라봤다.
남궁민의 뒷모습을 지그시 바라보는 모습에 소탈한 미소
를 지었다.

"독고 형, 참으로 재밌는 친구지요?"

독고월은 답하지 않고, 시선을 거뒀다.

"……!"

그에 반해 그제야 정신을 차린 나머지 셋은 독고 형이라
불린 사람을 뚫어지게 봤다. 한바탕 폭풍이 휩쓸고 간 듯
한 정신없는 상황인지라 미처 신경을 못 썼다.

"이게 대체 어떻게 된 거죠?"

"정말 형님이십니까?"

"얼굴이 완전 다르신데요?"

모용설화, 서문평, 아민 순으로 물어왔다.

독고월은 당연히 답하지 않았다. 그저 걸음을 옮겨 근처의 간이 의자에 앉았다. 다음 순서를 기다리는 것이다.

대답은 모용준경에게서 나왔다.

"우리도 익히 알고 있다시피 독고 형은 주위에 자신을 알리는 걸 좋아하지 않잖아?"

"그렇긴 하죠."

모용설화가 수긍했다. 그간 행적만 봐도 알만한 사실이었다.

서문평과 아민이 작은 고개를 끄덕이자 모용준경이 검지를 입에 대었다.

"하여 독고형이 은밀하게 부탁을 하셨다. 다행히 이곳엔 유명한 그곳이 있었고."

"……!"

이어진 모용준경의 전음에 모두가 고개를 끄덕였다.

독고월의 얼굴이 다른 이유는 하나.

이곳엔 인피면구와 같은 은밀히 거래되는 물건을 파는 신비상점이 있었다.

"어차피 독고 형의 신원보증이야 내가 했으니 문제 될 것도 없었지. 내가 이래 봬도 강호용봉회의 회장아니냐? 명예뿐인 직함이라고 해도 내 덕이 컸지."

"하지만 어째서 용봉대전에 참가를 하신 거죠?"

아민이 그 점을 짚고 넘어갔다. 서문평을 위한 거였으면

200

싶은 물음이었다.

서문평은 벌게진 얼굴을 했다. 속으로 그럴 리가 없다고 여기면서도 그러길 바라는 마음인 듯했다.

모용준경은 대답없는 독고월을 바라보면서 작게 미소 지었다.

"독고 형이 용봉대전에 참가한 이유는 나와의 비무를 위해서지. 너희도 알다시피 내가 독고 형에게 비무를 부탁했었잖아? 그래서 같은 값이면 다홍치마라고 상금도 있고, 부상도 있고. 이만저만한 이유로 용봉대전에 참가하게 된 거다."

"아, 그랬군요."

아민은 서문평의 좋아서 어쩔 줄 모르는 모습을 보고는 안도의 한숨을 내쉬었다.

이유야 어쨌든 잘됐다.

모용설화는 참으로 궁색한 변명이라 생각했지만, 그녀도 내심 바라던 일이었기에 토를 달진 않았다. 그래도 한마디는 남겼다.

"그럼 독고월 오라버니를 응원해야겠군요."

"어떻게 그럴 수가 있느냐?"

모용준경이 무척이나 섭섭한 얼굴을 했지만, 모용설화는 꿈쩍도 하지 않았다.

"내게 미리 말 안 해준 벌이라고 생각해요. 독고월 오라버니 꼭 우승하세요."

"그럴 수가!"

모용준경은 절망했다.

서문평의 나라 잃은 표정과 버금가는 얼굴이었다.

2

예선이 모두 끝난 건 다음 날 저녁이 되어서였다.

예선이 생각보다 빨리 끝난 데는 여러 이유가 있었다.

워낙 예선을 치를 비무대가 많기도 했고, 동시다발적으
로 벌어진 비무가 그리 오래가지 않은 것도 있었다. 또 용
봉대전 예선을 치르는 와중에 부상입은 무인들이 대다수
가 기권한 덕분이었다.

비무 후 휴식시간도 짧고, 본선에 이미 배정된 최강자들
의 면면이 너무 화려한 탓이다.

하나같이 명문세가의 자제들인지라 무공수위가 대단했
다.

이미 강호에서 혁혁한 명성을 날리고 있는 후기지수들
인지라, 요행을 바라기엔 무리가 있었다.

참가에만 의의를 뒀다.

참가자들 또한 예선전이 행사성 성격이 짙은 비무대회

라는 걸 알고 있었다. 그래도 총 서른 두 개의 자리에서 여덟 명이나 배정해준 걸 보면 구색은 어느 정도 갖췄다.

독고월도 그 여덟 자리 중 한 자리를 차지했다. 원래대로라면 그 또한 실력으로 이미 본선에 배정되어야 했으나, 명문세가가 아니고 무림맹 내에서 뒷받침되는 세력도 없었다. 무공수위도 소문과 달리 절정이었다.

독고월이 실력을 숨긴 거지만, 사람들은 소문이 과장됐다고 여겼다. 그러니 예선은 필수다. 나름의 텃세라면 텃세라고 할 수 있었다.

그에 반해 모용준경은 이미 본선에 배정된 터라 예선을 치르지 않았다.

그리고 주어진 하루의 휴식시간.

고수의 싸움이 종이 한 장 차이로 갈리는 걸 보면, 본선에 미리 올라와 있는 이들이 실력과 체력 면에서 유리할 건 불을 보듯 뻔했다.

미리 배정하는 문제에 대해 잡음이 좀 생길 만도 했으나, 이름없는 무인들에게 기회는 줬기에 큰 문제는 되지 않았다.

원래 용봉대전의 시발점이 명문세가간의 교류였으니까.

하여 본선에 오른 여덟 명도 곁가지임을 잘 알고 있기에 큰 기대를 하지 않았다.

물론 개중엔 다른 뜻을 품고 온 이들도 있었다.

마교나 흑도맹과 같은 적대세력의 세작들.

못해도 예선을 치른 여덟 명 중 절반 이상이 불순한 의도가 있으리라 짐작됐다.

무림맹의 비각도 그리 파악하고 있었다. 골라내고자 하면 못 고를 것도 없지만, 일단은 놔두는 쪽에 무게가 실렸다.

어차피 우승자가 가려졌을 때 알게 될 것이다.

무림맹 핵심타격대의 대주 자리를 아무나 앉힐 순 없지 않은가.

"…솎아내는 것도 나쁘지 않습니다. 허락만 해주신다면 모두 솎아낼 자신이 있습니다."

신임맹주인 북리천극을 향해 비각주 공지가 청을 올렸다.

태사의에 앉은 북리천극은 입가에 미미한 미소만 띄웠다.

"놔두게나."

"하오나."

"세작이 하나 둘 더 늘어난다고 해도 달라지는 건 없네. 그리고 대주 자리에 세작을 앉혀둘 만큼 비각주가 호락호락한 사람이 아니란 걸 내 잘 아네."

"맹주님."

자신을 믿어주는 말에 공지는 감격했다. 사내는 자신을

알아주는 이를 위해 죽는다고 한다. 공지는 북리천극을 향해 깊숙이 부복했다.

"속하! 맹주님의 믿음을 결코, 배반하는 일은 없을 겁니다."

"허허, 두말하면 잔소리겠지."

북리천극은 너털웃음으로 받아줬다.

감격한 공지가 나간 뒤.

북리천극이 혼잣말을 했다.

"저리 멍청해서야 골라낼 줄만 알지 이용할 줄을 몰라. 아무래도 내부적으로 청소 한 번 해야지 않겠나?"

"주군이 원하신다면 당연히 그렇게 될 겁니다."

허공에서 들려온 수신호위 관충의 목소리에 북리천극이 허연 수염을 쓸었다.

"전임 맹주의 세력은 어떤가?"

"칠할 정도 흡수했습니다. 나머지 삼 할은 너무 완강합니다."

"아직도 옛 그늘에 못 벗어나고 있군. 하여간 고인 물들이란. 쯧쯧!"

북리천극이 혀를 차고는 다탁에 놓인 찻잔을 집어들었다. 고아한 차향에 기분이 다소 풀렸다.

후르륵.

북리천극은 차를 천천히 비워냈다.

관충이 조심스럽게 운을 뗐다.

"남궁일 대협의 죽음을 발표한다고 해도 돌아설지는 의문입니다. 끊임없이 잡음을 만들어 낼 것이 분명한데, 그냥 둔다면 주군에게 사사건건 간섭하고도 남을 위인들입니다. 명만 내리신다면……."

뒷말을 삼켰지만, 이어질 말이 뭔지는 쉬이 짐작할 수 있었다.

달각.

북리천극은 답하지 않고 찻잔을 그대로 내려놓았다. 백미가 살짝 흔들리고 있었다.

"곧 그 잡음을 만들어낼 입들이 필요해질 시기가 올지도 모르니 기다리지."

북리천극은 멍청이가 아니었다. 오히려 너무 똑똑해서 탈이었다. 야망에 어울리는 두뇌와 실력을 모두 갖춘 인물인지라, 지금 같은 때에 제 살 깎아 먹기가 얼마나 위험한지 알고 있었다.

조금 전 나간 비각주 공지가 깎아내도 무방한 굳은살이라면, 원로들은 깎아내면 문제가 생길 얇은 살이었다.

"이가 없으면 잇몸이라도 써야 할 때가 올 걸세."

관충은 그게 무얼 뜻하는지 잘 알고 있었다.

"속하의 생각이 짧았습니다."

"아니네. 한데 천기자는 찾았나?"

"죄송합니다. 속하의 능력이 미비하여."

북리천극의 물음에 관충은 부복했다. 자꾸만 자신의 부족함을 보이는 것 같아서 더욱 심란하였다.

북리천극이 허허롭게 웃었다.

"하늘로 솟았는지, 땅으로 꺼졌는지 알 길이 없겠지. 그리 쉽게 찾을 수 있으면 괜히 천기자겠나? 계속해서 찾아보게나. 언제 어디로 튈지 모르는 게 당금 강호일세. 꼭 필요한 이일세."

"존명."

관충은 그리 말하고는 신형을 감추었다.

홀연히 사라진 빈자리를 보던 북리천극은 창가로 걸어갔다. 불야성을 이룬 거리가 눈에 들어왔다. 전각 위에서 내려다보는지라 제법 멀었지만, 북리천극에겐 전혀 문제될 것이 없었다.

십 년 전에 이미 초절정의 경지에 오른 그였다.

아마도 당대에 두어 명을 제외하곤 그보다 강한 이는 없을 것이다. 그런 정파의 최강자가 하마터면 무림맹주가 되지 못할 뻔했다.

"난세엔 허울 좋은 왕도정치보다 패도정치가 어울리는 법일세."

북리천극이 싸늘히 읊조렸다. 안광이 형형하게 빛나고 있었다.

第 8 章

第 8 章.

1

이름 모를 들꽃이 흐드러지게 핀 들판.

늦은 밤이라 그런지 낮과 달리 인적이 없었다.

창백한 달빛을 받은 들꽃들만이 자리해 있었는데, 한 인영이 그 위에 앉았다.

풀썩.

시원한 바람결을 따라온 독고월이었다.

본선에 참가하는 서른두 명이 정해졌다. 그리고 형식적인 예선과 달리 본선은 닷새 동안 치러진다.

"이게 뭐하는 짓인지."

초난희의 스승을 찾는 게 먼저인데 말이다. 용봉대전에 참가해서 어린 후기지수와 놀 시간이 없었다. 그렇기에 참가하지 않으려고 했는데.

아니다.

독고월은 오히려 여유를 갖기로 마음먹었다.

급할수록 돌아가라는 말이 있다.

특히 발을 살짝 잘못 내딛어도 천 길 낭떠러지로 떨어질 독고월은 더욱 그래야만 했다.

만약 초난희의 스승을 찾지 못할 운명이라면, 굳이 그녀가 독고월에게 말할 이유도 없었다.

언제고 만나게 될 것이기에 초난희가 말해줬을 거다.

"운명론자도 아닌데 말이지."

씁쓸한 미소를 지은 독고월이 주위를 둘러봤다.

선선한 밤바람이 부는 들녘 위에 새하얀 들꽃이 물결치고 있었다. 달과 별이 밤하늘을 수놓았다.

심란한 마음을 어루만져주는 제법 운치 있는 밤이다.

자박자박.

자신을 알리는 옥보(玉步)에 독고월의 시선이 그쪽으로 향했다.

모용설화가 아니었다.

아민.

서문평 옆에 붙어서 떨어지지 않던 소녀가 이곳을 찾은 것이다.

지금껏 독고월을 불편해하던 소녀였는데, 어쩐 일일까?

아민은 독고월의 옆에 섰다.

"괜찮으시면 앉아도 될까요?"

"아니."

"……!"

이렇게 단호하게 거절당할 줄은 몰랐는지, 아민의 얼굴색이 새빨갛게 타올랐다. 밤인데도 확연하게 보일 정도였다. 이러지도 저러지도 못하고, 우물쭈물 거렸다. 이내 고개를 푹 숙인 아민이 신형을 돌렸다.

"죄, 죄송해요. 이 말을 전하려고 찾아왔어요. 그럼 이만 가볼게요."

흔들리는 아민의 목소리에 독고월이 피식 웃었다.

순간.

풀썩.

아민이 얼른 독고월 옆에 자리를 깔고 앉았다.

무척이나 재빠른 동작에 독고월은 피식 웃었다.

"왜? 가던 길 가지."

"제대로 사과를 하고 싶어서요."

"어째서?"

시원한 밤바람이 독고월의 머릿결을 흔들었다.

아민은 그 모습을 지그시 바라보며 말했다.

"제가 나설 일이 아닌데 나선 게 마음에 걸려서요."

"알면 됐다."

"……."

정말이지 그와는 대화를 이어가는 게 어려웠다. 아민이
처음 대하는 유형의 인물이어서 더욱 그랬다. 그렇다고 방
법이 없는 건 아니었다.

"원래 이렇게 다가오지 못하게 벽을 치세요?"

이렇게 진심을 보이면 되는 일이었다.

독고월의 시선이 처음으로 아민에게로 향했다.

"……."

"……."

말없이 마주하는 시간이 길어졌다.

결국, 아민이 먼저 시선을 피했다. 볼이 살짝 붉어져 있
었다.

콩닥거리는 심장 소리가 독고월의 귓전을 두들겼다.

"주책 맞군."

"네, 네?"

아민이 화들짝 놀랐다.

독고월은 유심히 바라보다가 축객령을 내렸다.

"더 할 말 없으면 그만 가봐."

"…네에."

아민이 생각하기에도 대화를 지속해나가기엔 무리가 있
었다. 독고월의 과거를 물어선 안 될 것 같았고, 그 또한
말해줄 것 같지도 않았다. 그에겐 아민뿐만 아니라 모두가

부외자 같았다.

"근데 정말 감사해요, 독고월 공자님. 서문평 소협을 위해 싫으신데도 참가해주셔서."

부스스 몸을 일으킨 아민이 고개를 숙이며 한 말에 독고월의 반응은 냉소였다.

"내가 왜 그런 쓸데없는 짓을 하겠느냐? 모용준경과 귀찮은 비무 약속 때문이다."

"네에."

아민은 솔직하지 못하다고 여기며 들녘을 떠났다.

독고월은 붙잡지 않았다.

잘 지낼만하냐는 등, 불편한 것 없냐는 말 한마디 해줄 법도 했으나, 그에겐 해당사항이 아니었나 보다.

지켜보고 있는 입장에서 절로 한숨이 나오는 장면이었다.

이미 숨어있는 존재를 알고 있었던 독고월의 시선이 그쪽으로 향했다.

가녀린 인영도 몸을 일으키고 있었다.

그녀 때문일까?

달콤한 향이 바람결에 실려왔다.

"그냥 혼자 있기 적적하실 것 같아서."

"그래서 포복으로 기어왔느냐?"

조소에 모용설화가 화들짝 놀랐다. 어떻게 알았냐고 물

으려다가, 자신의 앞섶에 풀물이 들어있음을 발견했다.

"나 참, 너란 애는 알다가도 모르겠구나. 그냥 와도 될 것을."

"헤헤."

모용설화는 장난기 어린 함박웃음을 지어 보였다. 이럴 때 보면 어린애 같았다.

"다 큰 처녀가……!"

독고월은 나무라는 말을 하려다 멈췄다. 순간 모용설화 있었던 밤이 떠올라서다. 제 무덤을 판 것이다.

모용설화가 고개를 갸웃거리며 다가왔다.

"무슨 생각을 하세요?"

"……."

말할 수 없지.

독고월은 입을 다물고 딴청을 피웠다. 그러다 코끝을 간질이는 방향에 순간 인상을 그었다. 모용설화가 새하얀 얼굴을 들이대서다.

한 치도 안 되는 거리.

서로가 내뱉은 숨결이, 너무 가까운 거리가 아찔함을 선물해줬지만.

독고월은 아무런 말을 할 수가 없었다. 초난희가 떠오른 것이다. 그래서 그때처럼 손가락을 들었다.

모용설화의 이마에 대어 밀어낼 생각이었는데.

그녀의 입술이 독고월의 입술에 닿는 게 먼저였다. 포개진 입술에서 전해지는 달콤함에 할 말을 잃었다.

모용설화는 대었던 입술을 슬며시 떼었다. 과감한 행동과 달리 그녀의 피부는 도화 빛으로 물들어 있었다. 말 못하게 부끄러웠는지 눈도 마주치질 못했다.

하지만.

독고월이 보인 반응은 그녀의 예상과 달랐다.

"다음부턴 이러지 말거라."

"……."

독고월의 말에 충격을 받았는지 모용설화는 흔들리는 눈빛을 했다.

"왜요?"

"싫다."

모용설화의 목소리가 잘게 떨렸다.

"싫다고요? 지금 싫다고 했어요? 그럼 절 왜 붙잡으신 건데요. 설마 자고 난 뒤에 제가 달라붙을까 걱정돼서 그래요? 정말 그런 거예요?"

독고월은 아니라고 말할까 했지만, 의미 없음을 깨달았다.

그러면 뭐하랴.

새삼 남궁민과 이야기하던 모용설화의 모습이 떠올랐다.

-그러게요. 남궁일 숙부님을 본 지 꽤 됐네요. 또 협객
행을 떠나신 걸까요?

　모용설화는 남궁일을 숙부라고 부르며 따르던 아이였
다. 그런 아이를… 절대 있어서는 안 되는 실수는 단 한 번
으로 족했다.

　"그래, 그러니깐 다음부터 이런 쓸데없는 짓 하지 말거
라."

　독고월의 말투는 싸늘했다.

　여인으로서 감내하기 어려운 상황이었다. 눈물이 앞을 가
렸다. 독고월의 얼굴이 잘 보이지 않았다. 흐려진 두 눈이
모질게 시려 왔지만, 참을 길이 없었다.

　주르륵.

　눈물이 비가 되어 하염없이 흘러내렸다.

　"정녕 제가 한 행동이 오라버니에겐 쓸데없는 짓인가
요?"

　모용설화의 울먹임에 독고월은 아무런 말도 하지 않았
다.

　침묵은 긍정이라 했다.

　모용설화는 이런 게 여인과 잠자리를 하고 난 사내들의
뻔뻔함인가 싶었다. 그래서 더이상 버티질 못했다.

　독고월의 눈동자가 커졌다.

풀썩.

모용설화가 자신에게 안겨온 것이다.

2

한참을 눈물만 흘렸다.

소리 내어 난리를 치며 우는 것보다, 소리 없는 오열이
더욱 슬퍼 보이는 법이었다.

독고월은 어깨를 적시는 눈물에 어떻게 해줄 수가 없었
다.

"제, 제가 정혼을 앞둬서 이리 거리를 두시는 거죠?"

"……"

"그래서 그런 거죠? 이해해요. 그러니깐, 이렇게 갑자기
그러지 마세요."

바들거리며 떨고 있는 그녀를 보니, 독고월은 새삼 자
신이 무슨 짓을 한 건지 깨달았다.

책임질 수 없는 행동을 한다는 것이 이런 기분이었을까.

독고월은 말없이 가만히 있었다.

곧 모용설화가 독고월에게서 살짝 떨어졌다.

"제가 했던 말과 행동은 잊어주세요. 저도 제가 왜 이러
는지 모르겠어요. 그렇게 아무렇지도 않은 척 해놓고, 이

게 뭐하는 짓인지…… 흐읏."

모용설화는 말을 하다가도 애처롭게 눈물만 뚝뚝 흘렸다.

"죄송해요. 이러려고 따라온 게 아닌데……."

"……."

독고월은 하마터면 그녀를 안을 뻔했다. 거기서 그치지 않고 떨리는 그녀의 입술을 자신의 입술로 덮어버리고 싶은 마음을 억눌렀다. 그런 자신의 감정에 소스라치게 놀란 독고월이었다.

한데 모용설화의 숨결이 점점 거칠어지고 있었다.

"아아! 오, 오라버니 절 밀어내지 말아주세요. 그냥 안아주면… 하아, 하아!"

볼에서 목덜미까지 도화 빛으로 물든 것이 어딘지 이상해 보였다. 독고월을 보는 눈빛이 어딘가 풀려 있었다.

뭔가 이상하다.

그 순간 독고월의 눈빛이 날카로워졌다.

바람결에 실려온 달콤한 향이 더욱 짙어지고 있었다.

"……!"

아까 모용설화가 풀숲에서 일어난 후 느꼈던 향이었다. 그땐 모용설화에게서 느껴지는 방향이라고 여겼었다. 하지만 지금 품에 안긴 모용설화에게선 옅은 땀 냄새에 섞인 묘한 향만이 있었다.

이 짙은 달콤한 향과 전혀 달랐다.

"오라버니, 오라버니!"

모용설화는 스스로 주체하기 어려워 몸을 배배꼬고 있었다.

최음제.

속세를 등진 비구니나 승려도 음탕하게 만든다는 독의 일종이었다.

누군가 이곳에 은밀히 최음제를 풀었다.

초절정 무인인 독고월이야 독성에 대한 내성이 워낙 강해서 버틸만했지만, 모용설화는 그렇지 못했다. 부풀어 오른 가슴과 입술만 봐도 최음제에 지독하게 중독됐음을 알 수 있었다.

이제야 모용설화의 감정적인 모습이 설명됐다. 어째서 자신에게 입맞춤을 해왔는지 말이다.

독고월마저 하마터면 감정을 주체하지 못할 뻔하지 않았나.

그보다 경지가 낮은 모용설화가 버틸 수 있을 리 만무하다.

우우우우우!

독고월이 내공을 끌어올렸다.

화악—

기파가 퍼져 나갔다.

사방에 진동했던 달콤한 향과 함께 저 멀리 날아간 것이다.

들꽃향기 속에 섞인 터라 독고월도 눈치채는 게 늦었다. 달콤한 향의 진원지를 찾으려 했지만, 얼른 몸이 달아오른 모용설화의 혼혈을 짚었다.

이대로 놔두면 모용설화는 전신의 혈맥이 터져 죽는다.

그게 바로 최음제의 무서운 점이었다. 해독하지 못하면 종내에는 사람을 죽게 만들었다. 해독하는 방법은 최음제를 푼 사람을 찾는 것이다. 어떤 종류의 최음제를 썼는지 알아야 해독할 수 있었다.

독고월이 기감을 넓혔다.

너른한 들녘 어디에도 기척은 잡히질 않았다. 낭패였다.

상대는 최음제만 풀고 이미 내뺐다.

"대체 누가 이런 짓을."

부들부들.

모용설화가 발작할 듯이 몸을 떨기 시작했다.

위험하다.

얼른 해독을 해야했다. 독을 푼 배후를 찾는 건 나중 문제였다.

파앙!

독고월이 모용설화를 안아 들고는 진각을 밟았다.

우르릉!

222

때아닌 날벼락 소리와 함께 들꽃이 밤하늘 위로 흩날렸
다.

휙휙—

풍경이 어그러지며 지나갔다.

섬전행을 펼친 독고월이 찾는 장소는 단 한 곳이었다.
지독한 음기가 서린 곳이었다. 최음제의 해독약이 없는 이
상, 독고월이 택할 선택지는 별로 없었다.

물론 음양교합은 아니었다.

"여기다."

독고월이 내려선 곳은 깊은 산 속에 자리했던 폭포였다.

예전과 달리 폭포의 높이는 많이 낮아져 있었다.

며칠 전 독고월이 펼친 섬월이 그리 만든 것이다. 이 폭
포물이 얼음장처럼 차가웠음을 떠올린 독고월이었다. 휩
쓸려봐서 알았다.

이 정도의 음한지기면 충분하다.

"아, 아!"

혼혈을 짚이고도 새어나오는 열띤 신음 소리.

모용설화가 위험수위에 도달했음을 알려줬다.

탁, 탁.

혈맥이 부풀어 오를 대로 부풀어 올라 혼혈이 저절로 풀
렸다.

"오라버니, 나 좀 어떻게 해주세요. 아아, 심장이, 가슴

이 터져 버릴 것 같아요!"

모용설화가 자신의 손으로 의복의 앞섶을 풀어헤쳤다. 젖가리개까지 한 번에 벗겨지자, 거대한 수밀도가 자신의 존재감을 과시하고 있었다.

"오라버니, 너무 힘들어요!"

하늘 위로 치솟은 성난 유실에도 독고월의 눈빛은 한 점의 흔들림도 없었다.

풍덩.

모용설화를 안아 들고는 폭포가 만든 웅덩이에 뛰어들었다.

"아아!"

모용설화의 부풀어 오른 혈맥이 약간 진정된 듯 보였다.

열띤 신음 소리는 계속 흘러나왔다.

이열치열(以熱治熱).

열은 열로서 이긴다는 말처럼, 독고월은 자신의 몸에 흐르는 음한지기로 모용설화의 성난 음기를 억누를 생각이었다.

도박이긴 하지만, 모용설화와 음양교합을 하는 것보단 나으리라.

둥둥.

모용설화를 물에 띄웠다.

독고월의 오른손이 모용설화의 단전, 즉 하복부에 대어

졌다. 남은 왼손은 그녀의 정수리에 대어졌다.

우우우우웅.

극도로 독고월이 끌어올린 웅혼한 내력이 모용설화의 단전과 정수리를 통해 흘러들어 갔다.

최음제에 의해 날뛰던 음기가 깜짝 놀라는 멈추는 게 느껴진다.

모용설화마저 움찔거렸다.

그 덕분에 수면 위로 농익을 대로 농익은 젖무덤이 얼굴을 내밀었다.

"이것 참."

독고월은 두 눈을 감았다. 차라리 보지 않는 것이 그녀를 위한 것이다. 그리곤 모용설화의 날뛰는 음기를 제압하는데, 웅혼한 내력을 남김없이 쏟아부었다.

원래대로라면 음양교합으로 양기를 불어넣어 음기와 한데 어우러지게 해야 했다. 그러면 음기가 잠잠해지는 법이다.

하지만 독고월의 내공은 양강지기가 아닌 음한지기였다.

"아, 아아! 오라버니 너무 추워요."

"이를 악물고 버텨. 그렇지 않으면 혈맥이 터져 죽게 되니까."

독고월의 경고가 먹혔을까.

225

모용설화가 이를 앙다물었다.

처음엔 타들어 가는 듯한 고통이었는데, 지금은 온몸이 꽁꽁 어는 듯한 고통으로 바뀌었다. 입술이 파래지고, 손발은 동상에라도 걸린 것처럼 감각이 없었다.

억겁의 시간이 흐른 듯했다.

살이 에이다 못해 산산이 부서질 듯한 고통은 끊이지 않았다. 이러다 죽는 게 아닌가 싶어 마지막이라는 생각에 독고월의 얼굴을 바라봤다.

그러자 거짓말처럼 고통이 사그러들기 시작했다.

모용설화의 눈이 화등잔만 해졌다. 눈부신 미소를 지은 그가 부드러운 목소리로 칭찬해줘서다.

"잘했다."

고비를 넘긴 것이다.

3

시간이 꽤 흘렀다.

얼음장 같은 물로 기반을 잡고, 어마어마한 음한지기로 날뛰는 최음제의 독성분을 억눌렀다. 아니, 압사시켰다고 해야 맞았다.

순정의 음한지기를 가진 독고월이기에 할 수 있었다. 불순한 진기론 죽었다 깨나도 할 수 없는 일이었다.

고비를 넘긴 모용설화는 지쳤는지 두 눈을 감았다. 고운 그녀의 얼굴 위로 서광이 내려앉았다.

먼동이 터오는 새벽녘이다.

독고월이 모용설화의 앞 머리카락을 부드럽게 쓸어줬다. 그리곤 그녀의 옷매무새를 정리해주기 시작했다. 끌러진 젖가리개를 제자리에 돌려놓다가 새하얀 가슴을 살짝 건드리고 말았다.

모용설화의 속눈썹이 움찔거리더니 서서히 떠지기 시작한다.

"……."

"……!"

독고월의 안색이 드물게 벌게졌다. 의도했던 행동이 아니었기에 더욱 그러했다.

"…고의는 아니지."

"……."

모용설화가 독고월을 물끄러미 올려다봤다.

민망했던 독고월은 자신의 상의를 벗어 그녀의 상체에 덮어줬다. 의복이 물기에 젖어 그녀의 굴곡이 적나라하게 드러났다.

심장이 살짝 떨릴 정도로 매혹적인 그녀였다.

"추울 것이다."

괜한 걱정이다. 모용설화는 절정의 초입이긴 해도 고수였다. 거기다가 독고월이 최음제를 몰아내기 위해 자신의 음한지기를 몰아넣었다. 지극히 순수한 독고월의 음한지기 덕분에 과거에 비교해 두 배는 강해졌다.

만약 음양교합으로 최음제를 몰아냈다면 얻지 못할 기연이었다.

모용설화는 단전에 똬리를 튼 도도한 음한지기에게서 그의 마음을 느꼈다. 간밤의 일이 수면 위로 떠올랐다.

최음제에 중독돼 잔뜩 격앙된 모습들.

감정을 주체하지 못해 했던 행동들이 자신의 의지가 아니었다고 해도, 진심이 섞이지 않았다면 하지 않을 행동과 말이었다. 게다가 독고월이 한 말에 의해 서운함과 허전함을 느낀 그녀였다.

"고마워요."

"……"

독고월은 무뚝뚝한 얼굴로 고개만 끄덕여줬다.

혼절하기 전 잘했다며 칭찬해주던 그와 달랐지만, 모용설화가 자신의 마음을 확인하는데 충분했다.

"좋아해요."

"정신을 차렸으면 얼른 의복을……"

독고월이 말을 하다말고 모용설화를 바라봤다.

젖은 눈동자로 애달프게 올려다보는 모습이 참으로 고

왔지만.

"…미쳤느냐?"

독고월로서는 인상을 그을 수밖에 없었다.

✦

모용설화는 아랑곳하지 않았다.

정작 고백받은 독고월이 신경 쓰고 있었다.

"경공술을 펼쳐서 가지."

"죄송해요, 아직 내공을 움직이기가 어려워서. 몸도 제
몸 같지 않고 둔해요."

그리 말하면서 일어나던 모용설화가 휘청였다.

덥석.

독고월이 모용설화를 붙잡았다.

"조심하지."

"…이건 정말 너무해요."

모용설화는 제 정수리를 턱 잡은 독고월의 손을 원망스
레 바라봤다.

"전혀 낭만적이지 못하다구요."

"낭만은 개뿔! 잡아준 것만 해도 어디냐."

독고월이 손을 놓았다.

"어, 어!"

229

다리에 힘이 들어가지 않은 듯이 모용설화가 휘청거렸다. 당장에라도 쓰러질 듯이 몸까지 뒤로 넘어갔다.

독고월이 투덜거리며 안아 들었다.

"이 한심한……."

"오라버니도 나 마음에 있죠?"

모용설화가 포옥 안긴 채로 묻는 말에 독고월은 미간에 내천자를 그렸다.

털썩.

독고월이 놓아버리자 모용설화가 엉덩방아를 찧었다.

"아얏!"

"아프긴 뭐가 아파?"

"헤헤."

독고월이 면박을 주자 모용설화가 배시시 웃었다. 해맑은 표정에서 들녘에 보였던 무너진 모습은 찾을 수가 없었다.

차라리 이게 낫지.

독고월은 눈물만 흘려대던 모용설화의 모습을 보고 싶지 않았다. 그렇기에 더이상 모질게 말을 하지 못했다.

"가자, 더이상 지체하면 본선에 늦……."

덥석.

모용설화가 느닷없이 독고월을 뒤에서 껴안았다.

"좋아해요. 오라버니."

"……"

"절 싫어해도 어쩔 수 없어요. 전 이미 마음을 결정했는걸요."

"못 들은 걸로 하지."

독고월이 그리 말해도 모용설화는 포옹을 풀지 않았다.

"괜찮아요, 못 들어도. 앞으로 계속해서 말해줄 거니까. 오라버니가 절 여인으로 보지 않는 마음이 중하듯이, 소매가 오라버니를 좋아하는 마음도 소중하다구요."

"……"

"다시 한번 말해줄게요. 절 구해줘서 정말 고마워요."

독고월은 대답 대신 긴 한숨을 내쉬고는, 모용설화의 손을 풀었다.

모용설화는 떨어지면서 재잘댔다.

"근데 누가 최음제를 풀었을까요?"

독고월이 묻고 싶은 말이었다.

뭔가 위해를 가하고자 했으면, 모용설화가 최음제에 중독됐을 때 습격하면 되었다. 그러나 최음제를 푼 이는 그러지 않았다.

그저 최음제만 은밀히 풀고 도망쳤다.

이게 대체 무슨 의미인지 알 수가 없었다.

모용설화를 노린 음적의 계략이라기엔 앞뒤가 맞질 않았다.

그럼 음적이 나와서 습격이라도 해야 했으니까.

"그래도 고맙네요. 덕분에 저의 마음을 알게 됐으니까요."

모용설화의 철없는 말이었다.

독고월은 못 들은 척하고 땅을 박찼다.

"앗! 치사하게 먼저 가는 게 어딨어요?"

벌써 점이 되어 사라진 신형에 모용설화가 얼른 경공술을 펼쳤다.

휘이익!

경공술의 속도는 과거에 비할 데가 아니었다. 그제야 모용설화는 자신이 강해졌다는 사실이 실감 났다.

내공은 더욱 정순해지고 깊어졌다.

마치 한여름에 흐르던 시냇물이 한겨울에 흐르는 계곡물처럼 됐달까.

모용설화의 혈맥을 따라 흐르는 내공의 순도가 높아진 것이다.

그게 누구 때문인지는 말하지 않아도 알았다.

경공술의 속도는 더욱 빨라졌는데도, 온몸을 휘도는 내공은 매우 안정되어 있었다.

"너무너무 좋아해요, 오라버니."

쫓아올 수 있게 흔적을 남겨준 독고월은 듣지 못한 고백이었다.

第 9 章

第 9 章.

1

객잔에 도착하자 모용준경이 마중 나와 있었다.

"독고 형, 큰일 났소! 설화가 보이질……!"

다급히 말하던 모용준경이 뒤이어 도착한 모용설화를 바라봤다.

동생의 분위기가 뭔가 달라져 있었다.

"설화야, 대체 어디를 갔다 온……!"

"말하자면 길어."

모용설화가 가볍게 손을 들어 모용준경의 입을 막았다.

독고월은 운기조식을 하기 위해 내실로 들어가고 있었다. 서문평과 아민의 시선이 느껴졌지만 무시했다.

서문평과 아민이 얼른 모용설화에게 다가갔다.

"누님, 대체 무슨 일이 있었기에 밤새고 온 겁니까? 그 것도 형님과 함께라니. 저 몰래 또 불장난이라도 하고 온 겁니까?"

"뭐어!"

모용설화의 화용이 붉게 타올랐다.

아민은 그 모습에 서문평에게 귓속말을 보냈다.

−두 분이 밀회라도 나누고 오셨나 봐요. 더이상 묻는 건 실례에요. 소협.

그걸 못 들을 리 없는 모용준경의 눈빛이 살짝 달라졌다.

아무리 독고월을 인정 아니, 존경한다 해도.

오라비로서 넘어갈 수 없는 문제가 있었다.

"정말 그런 것이냐? 이 철없는 아이들의 말대로 철없는 행동이나 하고 온 것이냐? 내 독고 형에게 정말 실망……!"

"그게 무슨 소리에요!"

모용설화가 빽— 소리 질렀다.

모용준경은 처음으로 동생에게 소리 지름을 당해서 그런지, 벌린 입을 다물지 못했다.

모용설화가 서문평과 아민을 째려봤다.

"너희 어린이들! 쥐뿔도 모르면서 그렇게 함부로 넘겨

236

짚는 거 아니야!"

"저도 알건 다 아는 나이입니다. 그리고 불장난을 했으면 했다고 말하는 게 뭐가 부끄럽습니까? 누구나 한 번쯤은 해볼 수 있는……!"

서문평은 억울하다는 듯이 입을 벌렸지만, 모용설화의 불똥이 튀는 눈빛에 도로 다물어야 했다.

찌릿!

"평아, 내가 하지 말랬지?"

"네에, 안하겠습니다."

서문평은 물론, 아민까지 덩달아 입을 꼭 잠가야 했다.

철없는 어린 것들의 입을 단번에 막은 모용설화가 모용준경을 봤다.

"그리고 오라버니!"

"으, 응?"

모용설화가 강하게 나오자 되레 당황한 건 모용준경이었다.

정말 피곤하다는 듯이 머리까지 짚은 모용설화.

"나 지금 정말 피곤하니까. 좀 쉴게요. 어찌 된 일인지는 좀 있다 말해 줄게요. 어차피 정오에 본선 시작하니까 두 시진 남았잖아요?"

"그, 그렇지."

"그럼 이따 봐요. 나 지금 정말 쓰러질 것 같으니까요."

모용설화는 손을 흔들어주고는 자신의 숙소로 들어갔다.

얼떨결에 손을 마주 흔들어준 모용준경이었다.

탁.

문이 닫히는 소리가 뒤이어 들려왔다.

독고월에 이어 모용설화까지 들어가자 남겨진 셋은 서로 돌아봤다.

"형님과 누님이 불장난하다가 서로 합이 안 맞아서 싸운 것이……!"

"평아!"

앙칼진 모용설화의 외침에 서문평은 얼른 입을 양손으로 가렸다.

아민이 서문평에게 속삭였다. 모용설화에게 들릴까 봐 저어됐나 보다.

"소협, 여인에겐 숨기고 싶은 비밀이 한 가지쯤은 있는 법이랍니다. 저리 숨기려는 덴 다 그만한 이유가 있지요. 소녀가 볼 땐, 차인 거예요."

"그 말은 불장난하다가 엉덩이를 걷어차였단 말이오? 내 누이들 같은 못된 짓을 할 분이 아니신데… 아, 물론 난 소저의 말뜻을 이해했소. 본인도 사실 숨기고 싶은 비밀이 하나 있었는데, 이건 아민 소저에게만 말해주는 것이오. 사실 내 엉덩이의 푸르뎅뎅한 반점도 불장난하다 생긴 것이오. 내 누이들이······."

"······."

모른다, 이 애는 아무것도 모르고 하는 말이다.

털썩.

모용준경은 의자에 주저앉았다. 꼬맹이들의 헛소리 때문이 아니었다. 모용설화의 눈빛이 달라졌다.

"내 동생이 벌써 그런 나이가 된 건가? 벌써 춘정을 느낄 나이가 됐단 말인가? 그렇다면 독고 형과 내 동생이······!"

모용준경이 복잡한 얼굴을 양손으로 감싸 쥐었다.

지난날의 일은 술에 의한 사고로 치부하면 되었다. 술 먹고 실수하는 건 있을 수 있는 일이었다. 하지만 서로 진심이 된다면 위험했다.

정식으로 결정된 혼담을 백지화시켜야 하는 문제였다.

욱일승천하는 북리세가와 전통의 명가인 모용세가의 결합은 두 가문의 어른들이 바라마지 않는 일이다.

세가 내에서도 남궁아인과 혼담보다 설화의 혼담을 더욱 중요시했다. 남궁세가와는 정(情)으로 이루어진 혼담이라면, 북리세가는 이(利)로 이루어진 혼담이었다.

만약 아버님이, 세가의 어른들이 알게 되면 어떤 반응을 보이실지 짐작이 되질 않았다.

"아니야, 우리가 문제가 아니야."

당금 강호에서 욱일승천하는 세가, 북리세가에서 이 사실을 알게 되면 어찌 되겠나?

더구나 무림맹주 북리천극은 명예와 권력을 중요시하는 인물이었다. 약속을 일방적으로 깰 시에 어떤 보복인사가 발생할지 가늠조차 되지 않았다.

모용준경의 비상한 머리가 그리는 결과는 최악 중의 최악이었다.

하지만.

그는 모용설화의 오라버니였다.

방금 한 걱정이 소가주로서 한 것이었다면, 지금은 오라버니로서 걱정되었다.

독고월이 모용설화를 어찌 생각하는지가 중요하다.

자신이 지켜본 바로는 독고월은 여인에게 관심을 두는 이가 아니었다. 어디로 튈지 모르는 인물인데다, 세간의 시선에 영향을 조금도 신경 쓰지 않았다.

한마디로 걸어 다니는 폭풍이었다. 평지풍파를 일으키고 다니는.

그런 이가 모용설화를 좋아한다고?

"말도 안 되지."

모용준경도 남궁아인을 좋아해 봐서 알았다. 사랑에 빠진 자의 눈은 그렇게 차가울 수가 없었다. 그렇기에 동생과 있었던 일은 실수라고 치부할 수가 있던 것이다.

그 반면에 모용설화는 아니었다.

모용준경이 보기에 모용설화는 독고월을 마음에 두고 있었다.

첫 정이 무서운 법이다.

모용설화는 단 한 번도 사내와 접촉이 없었다. 한데 그것도 엄청나게 강하고 잘생긴데다, 협객의 마음까지 갖춘 사내와 접촉점이 생기고 말았다.

독고월의 태도가 매몰찼기에 혼담 문제를 걱정하지 않았었다.

지금은 독고월은 모르겠으나, 모용설화의 태도가 심상치 않은 건 알겠다.

"이거 어떡하지?"

모용준경의 중얼거림에 담긴 고뇌는 굳이 말로 표현하지 않아도 알만했다.

*

정오까진 반 시진이 남았다.

모용설화가 내실을 나왔다.

심각한 표정을 한 모용준경이 기다리고 있었다.

서문평과 아민은 어딜 갔는지 보이지 않았다.

아마도 모용준경이 내보냈으리라.

"앉거라."

무표정한 말투에서 어떤 생각을 하는지 충분히 읽혔다.

모용설화는 모용준경의 맞은 편에 앉았다. 앞에 놓인 찻잔에서 김이 모락모락 피어올랐다.

"마시거라. 정신을 맑게 해줄 거다."

"알았어요."

후루룩.

모용설화는 찻잔을 들어 마셔갔다. 쌉싸름한 맛과 깊은 향에 정신이 맑아졌다. 그 덕에 긴장감이 해소되었다.

모용준경의 배려가 느껴진다.

지금도 오라버니는 기다리고 있었다. 모용설화가 말해주기를 말이다.

"고마워요, 오라버니."

"……."

모용준경은 동생의 눈을 바라봤다. 눈은 마음의 창이다. 동생이 어떤 생각을 하는지 어렵지 않게 알았다.

"응? 설화, 너."

동생의 눈빛이 더욱 깊어졌다. 그러고 보니 동생의 기세가 잘 갈무리되어 있었다.

대체 간밤에 무슨 일이 있었기에 이런 변화가 생긴 걸까.

필시 심상치 않은 일이 있었음을 직감한 모용준경이었다.

모용설화가 쓰게 웃고는 간밤에 있었던 일에 대해 설을 풀어갔다.

이야기가 계속될수록 모용준경의 얼굴색이 시시각각 변했다.

모용설화는 자신이 겪은 일임에도 불구하고, 담담하게 말하는 중이었다. 하마터면 혈맥이 터져 죽을 뻔한데다, 여인으로서 씻을 수 없는 일을 겪었는데도 말이다.

일각 여가 흘렀을까.

모용설화가 이야기를 끝마쳤다.

모용준경의 낯빛은 심히 어두워져 있었다. 한일자로 굳게 다 물린 입은 열릴 생각을 하지 않았다.

이번엔 모용설화가 기다릴 차례였다. 오라버니도 생각을 정리할 시간이 필요했다.

잠시 뒤.

정리를 마친 모용준경이 심각한 목소리로 말했다.

"아무래도 누군가 설화 너를 이용해 무림맹의 반목을 일으키려고 하는 것 같다."

"네?"

"내 생각도 그래."

갑자기 들려온 목소리에 둘의 시선이 쏠렸다.

어느새 나온 독고월이었다.

"독고 형."

모용준경이 복잡한 낯빛을 해보였다. 동생을 위험에서 구해준 은인이었지만, 위험을 계속해서 불러올 인물이다.

이젠 세가의 문제가 아니었다.

무림맹까지 번졌다.

"북리세가와 모용세가에 오가는 혼담에 관련된 문제가 아니고서는 도저히 설명되질 않더군. 물론 내가 욕정에 눈이 멀어서 그런 짓을 벌였다면 할 말이 없지만 말이야."

"오라버니가 그렇지 않음을 누구보다 제가 잘 알아요."

촉촉한 모용설화의 눈동자를 본 모용준경이 두 눈을 감았다.

동생이 사랑에 빠졌음을 어렵지 않게 알 수 있었다. 그렇지 않아도 호감이 가고도 남을 인물이었다. 과거엔 사고였다곤 해도 살까지 섞었다. 하지만 독고월은 그런 위기상황에도 편한 방법을 놔두고도, 돌아가는 방법을 택했다.

결과적으로 제일 나은 방법을 말이다.

모용설화의 생명을 구하는 동시에 기연까지 안겨줬다. 문제를 일으키지 않기 위해서긴 하나, 제이 제삼의 문제도 미연에 방지했다. 만약 들녘에서 최음제에 중독된 둘이 관계를 맺었다면…….

상상만으로도 끔찍한 결과가 그려졌다.

객잔에서 멀지 않은 곳이다. 강호인들의 이목은 물론,

244

자신들이 모르는 눈길이 있을 수도 있었다.

천만다행으로 독고월은 그러지 않았다.

모용준경은 초인적인 인내심을 발휘한 독고월이 그렇게 고마울 수가 없었다. 본인도 최음제에 중독됐을 텐데, 동생을 우선한 마음도 그렇고, 어지간해선 흔들리지 않는 부동심과 절륜한 내공에 감탄에 감탄을 거듭했다.

만약 자신이었다면 어땠을까?

십중팔구 계략을 벗어나지 못했을 것이다.

모용준경이 벌떡 일어나 포권지례를 올렸다.

"동생을 구해준 점 그리고, 저희 세가를… 더 나아가서는 무림맹의 분열을 미리 막아주신 점에 대해 진심으로 감사드립니다."

지금까지와 달리 극진한 태도였다.

독고월이 당황스러울 지경이었다.

"고맙긴, 따지고 보면 나 때문에 벌어진 일일 수도 있는데."

"그렇지 않습니다."

모용준경이 아니라고 손사래를 쳤지만, 독고월은 고개를 가로저었다. 그리곤 암암리에 주위에 기막을 펼쳤다. 소리가 새어나가지 않게 하기 위해서다.

모용준경과 모용설화는 살짝 놀랐지만, 그럴만한 이유가 있다 여겼는지 내색하지 않았다.

독고월이 둘을 보며 나지막한 목소리로 말했다.

"지금부터 내가 하는 말을 믿어도 좋고, 안 믿어도 좋아. 어쩌면 모르는 게 더 좋을 수도 있지. 왜냐면 폭풍 속으로 뛰어들게 되는 것이니까."

모용준경과 모용설화는 긴장감이 엄습하는 걸 느꼈다. 지금까지와 다른 독고월의 표정도 한몫했다. 둘은 서로 한 차례 보더니 고개를 살짝 끄덕였다.

"경청하겠습니다."

"저도요, 오라버니."

"……."

독고월은 자신이 잘하는 짓인지 잘 모르겠지만, 어제의 일을 겪고 나니 생각이 바뀌었다.

이 강호가 적어도 대비할 여지는 줘야 했다.

어차피 모든 걸 말해줄 생각은 없었다. 남궁일과 자신의 말만 빼면 되는 일이었다.

"좋아, 말해주지."

독고월은 자신이 겪은 일을 적당히 각색해서 설명해주기 시작했다.

모용준경과 모용설화는 이야기가 계속될수록 참담한 마음을 금할 길이 없었다.

음모의 실체는 그들이 생각할 수 있는 수준을 아득히 웃돌고 있었다.

한데 더 무서운 건.

그마저도 빙산의 일각에 불과할 수 있다는 것이었다.

第 10 章

第 10 章.

1

와아아아—

사람들이 내뿜는 엄청난 열기에 비무장이 후끈 달아올랐다. 비무대에 마주 선 두 인물이 떨친 엄청난 위용 때문이었다.

이층 단상에서 지켜보던 북리천극이 감탄했다.

"과연 인중용이라는 말이 아깝지 않구려. 가주께서 참으로 대단한 아드님을 두셨소."

"과찬이십니다. 아직도 부족한 면이 너무 많아 배워야 할 것이 산더미입니다."

모용선의 겸양에 북리천극이 파안대소를 터트렸다.

"가주의 아드님이 부족하다면 본 맹주의 아들은 돈아

251

(豚兒)이외다."

"당치도 않은 말씀입니다. 어찌 잠룡인 북리강 도련님과 제 우둔한 아들을 비교한단 말입니까? 거두어 주십시오."

제 아들을 깎아내리고, 자신의 아들을 추켜세워주자 기분이 좋아진 북리천극이었다. 그는 아부를 싫어하는 인물이 아니었다. 그것도 전임 맹주에게 직언을 서슴지 않던 모용선이 한 아부다.

북리천극이 기뻐할 수밖에 없었다.

"내 만약 여식이 있었다면 만금을 줘서라도 데릴사위로 데려오고 싶을 정도요."

"허허!"

모용선은 너털웃음을 터트렸지만, 내심 부아가 치밀었다.

어디 대 모용세가의 소가주인 모용준경을 데릴사위로 데려간단 말인가.

모용세가를 은근슬쩍 북리세가 밑으로 두는 발언이었다.

물론 모용선은 그런 내심을 들킬 정도로 얕은 인물이 아니었다.

"대신 제 여식을 데려가지 않으십니까?"

"오, 예비 며느리를 말하는구려. 강호에 이름난 호사가

들이 하나같이 하늘이 내린 재녀라고 입이 마르도록 칭찬
하외다. 거기다 강호제일미라니, 내 아들이지만 정말 복을
타고난 것 같소이다!"

북리천극이 칭찬을 하자, 모용선의 기분이 다소 나아졌
다. 딸 팔불출인 그가 겸양을 했다.

"그저 맹주의 아드님께 누가 되지 않기를 바랄 뿐입니
다."

"그건 걱정하지 마시구려. 가주께서 어련히 교육을 잘
하셨겠소. 그래도 부족한 부분이 있다면 채워주면 그만이
오. 우리 북리세가의 큰 며늘아기가 될 텐데, 시아버지가
되어서 그 정도도 신경 못 써주겠소?"

"허허, 맹주님의 배려에 그저 감사할 따름입니다."

웃는 낯과 달리 모용선의 인내심은 슬슬 바닥을 보이고
있었다. 계속해서 모용세가를 깎아내리는 발언을 일삼아
대니, 마음 같아서는…….

네놈의 그 발정난 애새끼나 관리 잘해. 이 무식한 새끼
야! 애비 머리에 똥만 차있으니까, 네 자식이 보고 배운 게
그 모양이지!

……라고 속 시원하게 삿대질하고 싶은 모용선이었지
만, 정치라는 건 겉 다르고 속 달라야 하는 법이다.

눈에 보이는 도발에 넘어가기엔 쌓아온 연륜이 운다.

다행히 남궁세가의 가주 남궁문희가 끼어들었다.

"호호, 화아에 대해선 걱정 붙들어 매셔도 좋아요. 워낙 어여쁘고 착한 아이인데다, 모용선 가주께서 딸을 아끼시는 마음은 온 강호의 모두가 알고 있지요. 분명 맹주님의 마음에 쏙 들고도 남을 사랑스런 아이라고 남궁세가의 가주인 제가 장담하지요."

여가주인 남궁문희의 부드러운 목소리에 찌릿한 분위기가 부드러워졌다.

"허허, 남궁 가주께서 본인이 팔불출임을 이리 돌려서 말해주시니 인정할 수밖에요. 제 딸이지만 화아는 눈에 넣어도 안 아플 아이올시다. 아들놈은 비교도 되지 않지요."

덕분에 모용선도 도발을 너스레로 받을 수 있었다. 물론 은근슬쩍 아들놈 앞에 올 '내' 자는 뺐다. 중의적인 뜻으로 돌려 깐 것이다.

북리천극이 그걸 어찌 모르겠냐 마는 호안(好顔)엔 미소만 그득했다.

이 능구렁이가 어디서 감히 내 아들을 욕해?

속내는 이러했지만.

"허허, 예비 며늘아기에 이리 칭찬해주시니 본 맹주가 다 몸 둘 바를 모르겠구려. 본 맹주가 이럴진대 그리 어여쁜 딸을 가지신 모용 가주께서도 더 하시겠구려?"

나온 말은 이러했다. 적당히 하라는 것이다.

모용선은 내심 코웃음 쳤으나, 웃는 낯으로 포권을 해보였다.

"이를 데가 있겠습니까? 아, 이제 승부가 가려진 듯합니다."

"오, 그렇소?"

북리천극이 비무장을 내려다봤다.

모용준경이 상대에게 마지막 일격을 날리는 중이었다.

퍼엉!

"커헉!"

가슴에 일장을 얻어맞은 인물이 그대로 나가떨어졌다. 손속에 사정을 두었기에망정이지, 그렇지 않았으면 가격당한 인물은 폐인이 됐을 것이다.

그 정도로 모용준경의 실력은 대단했다.

솔직히 남궁문희가 보기엔 앞서 본선을 치렀던 북리강보다 모용준경이 훨씬 위였다.

모용준경이 자신에게 진 상대를 일으켜 세워줬다.

"멋진 승부였소. 정말이지 대단한 초식이었소. 소문이 오히려 부족할 정도였소."

이러니 상대 또한 모용준경의 풍모에 감탄을 하고, 진심으로 승복하는 것이다.

"하하! 오늘은 내가 비록 졌지만, 인중룡이라는 모용준경 소협과의 비무는 날 성장시킬 것이 분명하오. 나야말로 고맙소."

그리고는 패자가 승자의 손을 들어줬다.

와아아아—

지켜보던 이들이 환호성을 내지르는 건 당연지사였다.

모용준경은 실력이나 외모, 인품 면에서 어느 하나 빠지는 구석이 없었다.

그에 반해 북리강은 이기는 데만 급급했다. 여유보다는 조급함이 돋보였고, 상대를 어떻게든 이기려다 보니 눈살을 찌푸리는 공격을 자주 하였다.

한 마디로 이기면 장땡이다.

가풍이 다르다고는 하나, 모용준경보다 북리강이 많이 쳐지는 건, 이 자리의 모두가 알고 있는 사실이었다.

비무장에 보내는 환호성의 크기 자체가 달랐다.

그래서 북리천극이 모용선과 신경전을 벌인 것이다.

자식교육에서 진 것 같은 기분을 들게 하니까.

지금도 북리천극과 모용선은 웃는 낯이나, 마주 본 시선엔 불꽃이 튀기는 중이었다.

남궁문희가 그 둘 사이에 껴들었다.

"아, 준경이가 이쪽에 인사를 보내네요."

"오, 그렇소?"

모용선이 얼른 단상에 섰다. 그리곤 자랑스럽기 그지없는 자신의 아들을 눈에 가득 담았다. 이변이 없는 한 이번

256 권행 3

용봉대전의 우승은 떼놓은 당상이었다.

"아버님!"

모용준경이 포권지례를 올리고 있었다.

모용선은 너털웃음을 터트렸다.

"뉘 집 아들인지 참 잘났다."

체통을 잃는 걸 감수하고 한 농이었지만, 북리천극의 심기는 더욱 불편해졌다.

남궁문희는 못 말린다는 듯이 쳐다봤으나 모용선은 아랑곳하지 않았다.

원래 세가 간의 알력다툼은 늘 존재하는 거니까.

남은 건 오늘의 마지막 경기였다.

남궁문희가 대진표에 걸린 작은 나무패의 이름을 유심히 봤다.

"독고월?"

"요근래 강호에서 이름을 날리는 신진고수지요. 소문으론 초절정 무인이라고 했는데, 보시다시피 절정을 갓 넘은 실력이지요."

줄곧 조용히 있던 단목세가의 가주 단목경진이 알은 척을 해왔다. 곧 사돈이 될 남궁문희였기에 친절히 설명해준 것이다.

남궁문희는 심심한 사의를 표하고, 비무대로 올라오는 청년을 뚫어지게 바라보았다. 눈빛에서 왠지 모를 낯익은 느낌을 들게 했다.

2

단상 위의 시선들.

특히 두 쌍의 강렬한 시선이 느껴졌다.

한 명은 북리천극.

또 다른 한 명은 자신도 잘 아는 인물이었다.

남궁세가 최초의 여가주이자, 철의 여인으로 알려진 남궁일의 친누이였다. 남궁일이 워낙 협객행에 빠져 지낸 터라, 어쩔 수 없이 직계 중 최고서열인 그녀가 가주 직을 맞게 되었다.

물론 내부에서 반발은 극심했다.

어떻게 여자가 가주직을 수행하느냐며, 세간의 비웃음을 살 거라는 의견이 지배적이었지만.

남궁문희는 몇 년 새에 그런 의심을 싹 거둬갔다. 여인의 특징인 세세함과 부드러움이란 점을 이용한 그녀의 정치 행보는 파격적이었다.

세가 내의 재정이 허투루 쓰이지 않게 세심하게 신경 썼고, 돈을 써야할 땐 아끼지 않고 써댔다. 특히 세가의 무인들의 경비에 대해선 전폭적으로 지지하였다. 그렇다고 무인을 제외한 나머지 사람들에게 신경 쓰지 않았냐고 묻는다면 그렇지 않았다.

남궁문희는 특유의 세심함을 살려 모두를 보듬어줬다.

거기서 끝이 아니었다.

남궁문희의 대단한 점은 자신을 비난하는 사람들의 의견에 더욱 귀를 기울였는데, 그건 인사결정 면에 있어서 특히 빛을 발했다.

그녀를 비난하는 수장 격인 인물을 요직에 앉혀서 매일같이 경청했다. 그리곤 좋은 의견이라면 받아들이고, 그렇지 못하면 걸러 들었다.

수장만이 아니었다. 그녀에 대해 의구심을 품은 인물 중에 능력 있고 소신 있는 인물이라면 아낌없이 중용했다.

이렇다 보니.

남궁문희가 남궁세가를 휘어잡는 건 시간문제였다.

여걸 중의 여걸인 남궁문희.

지금 그녀가 독고월을 뚫어지게 바라보고 있었다.

누군가 그랬다. 여인의 육감이 무섭다고.

독고월은 자신을 바라보는 그녀의 기이한 눈빛에 쓴웃음을 머금었다. 물론 들킬 일은 없었다. 독고월이 쓴 인피면구는 실제 피부와 같은 최고급이었고, 쓸 무공도 남궁세가의 것과는 궤를 달리했다.

찾고 싶어도 도저히 접점을 찾을 수 없다.

독고월이 비무대에 올라 상대를 바라봤다.

우습게도 상대도 여인이었다. 그녈 살피는 독고월의 눈빛이 달라졌다.

예쁘장한 얼굴은 처음 보는데, 느껴지는 기질은 어딘가 모르게 익숙했다.

"가해월(佳海月)소저와 독고월 공자의 대결이오."

가해월이라.

역시 들어본 적은 없었다. 아마도 예선을 거치고 올라온 인물인 듯했다.

독고월은 숨을 고르면서 상대의 눈동자를 바라봤다.

탐색하려는 것이다.

가해월의 경지는 절정.

모용설화보단 강하고, 모용준경보다는 약간 아래였다.

빨리 끝내자고 하면 빨리 끝낼 수도 있으나, 독고월은 그러지 않기로 했다.

지금 자신이 보이는 수준은 소문과 달리 절정무인 수준이다.

이 자리의 최강자인 북리천극도 그리 보고 있었다. 왜냐면 독고월이 그리 보이게끔 실력을 조정했으니까.

그 말인즉슨.

독고월이 북리천극보다 한 수위라는 소리였다.

작정하고 감추는데 그보다 한 수 아래인 상대가 어찌 알
랴.

　독고월을 보는 북리천극의 오만한 눈빛만 봐도 알만한
사실이었다.

　"자, 사(四)강을 결정짓는 마지막 경기를 시작하겠소."

　심판의 말에 주위에서 열광적인 환호를 보냈다.

　와아아아—

　주로 독고월을 향해 보내는 환호였다.

　가해월이 삐죽댔다.

　"듣던 것보다 오만하군요. 상대가 눈앞에 있는데도 쳐
다도 보질 않다니요. 제가 여인이라서 무시하는 건가요?"

　"후후."

　독고월은 말없이 웃기만 했다.

　가해월의 눈빛이 사나워졌다. 자신을 무시한다고 여긴
것이다.

　"웃을 수 있는 그 여유가 마음에 안 드는군요."

　"그럼 여유를 가져가 보던지."

　"꼭 그렇게 될 거예요."

　"기대하지. 얼마나……!"

　독고월이 말이 끝나기도 전에 가해월이 기습적인 공격
을 날렸다.

　휘익!

빛살처럼 빠른 출수였다. 손톱이 하얗게 빛나고 있었다.

"조공(爪功)의 한 종류인가?"

독고월은 허리춤의 월광도를 들어 막았다.

까앙!

손톱과 쇳덩이가 부딪쳤는데 병장기가 부딪친 소리가
터져 나왔다. 그것만 봐도 상대의 수준은 의심할 여지 없
는 절정이었다.

내공을 불어넣은 월광도와 부딪치고도 손톱은 아무렇지
도 않았다.

오히려 월광도가 살짝 밀릴 지경이었다.

"하앗!"

가해월이 속도를 더욱 올렸다.

슈슈슈슈슈슉!

사마귀가 발견한 먹잇감을 찢어발기듯이 양손을 미친
듯이 놀려댔다.

지켜보는 이들에게서 감탄이 절로 나올 정도로 대단한
연환공격이었다. 마구잡이로 하는 듯 보였지만, 실상은 피
할 방위를 모두 점했다.

독고월마저 감탄할 지경이었다. 만약 자신이 절정의 수
준이었다면 손이 어지러워지고도 남았다. 권야와 사도명
과의 일전이 없었다면 당황을 했을 테고.

아무리 가해월이 날고 긴다 해도 초절정이란 경지는 그

냥 얻어지는 게 아니었다.

독고월은 아슬아슬하게 피하는 듯하면 월광도를 들어 겨우 막는 시늉을 했다. 거기다가 계속 물러서는 연기로 화룡점정을 찍었다.

"크윽!"

독고월이 속절없이 물러나자 누군가 애타게 소리쳤다.

"형니이이이임!"

서문평이었다.

독고월에게 위기가 닥친 듯하자 당장에라도 뛰어들 듯 이 굴었다. 아니, 옆에 있던 아민이 붙들지 않았다면 뛰어 들고도 남았다. 일류 수준인 서문평이 보기엔 독고월이 크 게 다쳐도 전혀 이상할 것이 없어서다.

공격하던 가해월이 멈출 정도였다.

저런 화상을 봤나.

미리 말해두지 않길 잘했다. 저리 눈치 없는 애한테 사 실대로 말하는 건 자살행위나 다름없었다. 아마도 자신의 형님은 저런 실력이 아니라며 강변하고도 남는…….

"우리 독고월 형님의 실력은 저게 다가 아니요! 더욱더 강한 사람이란 말이오! 형님, 어서 빨리 실력을 보여주십 시오! 당장 저 여인의 엉덩이를 걷어차 주십시오!"

"……."

서문평이 고래고래 지른 고함에 독고월이 말문을 잃을

정도였다.

어떻게 저렇게 한치의 예상도 벗어나지 않을까.

자신에게 감정이입해 주먹을 휘두르는 열성적인 서문평의 모습에서 독고월은 낯익은 향기를 느꼈다.

남궁일의 어린 시절도 저러했지.

가해월이 진한 미소를 지었다.

"귀여운 평이가 응원해줘서 좋겠네요. 형님에 대한 믿음이 상당히 대단한데요?"

"……."

독고월은 답하지 않았다. 사나운 눈빛으로 눈앞의 상대를 바라볼 뿐이었다.

"재개(再開)!"

심판이 외치자, 가해월은 순식간에 거리를 좁혔다.

하얀 손톱이 독고월의 몸을 막 파고들려는 순간!

쩌억―

독고월의 손아귀가 하얀 손톱을 움켜쥐며 물었다.

"누구냐, 넌? 어떻게 평이란 이름을 알고 있는 거지?"

"글쎄요."

가해월은 모호한 미소를 남긴 채, 신형을 돌렸다.

휘익!

날렵한 몸동작에 이은 발차기, 회축이었다.

독고월은 가볍게 피하다가 화들짝 놀랐다.

스윽.

가해월은 독고월이 피하려는 동작을 예상한 듯이, 동작에 맞춰 자신의 손을 빼낸 것이다. 마치 자연스럽게 독고월이 손을 놔준 모양새였다.

"이건 또 뭐야?"

독고월이 어처구니없다는 듯이 헛웃음을 쳤다.

가해월은 싱긋 웃었다.

"뭐긴요, 이런 거죠!"

슈슈슈슉!

가해월은 말이 끝나기 무섭게 조공을 날렸다.

이미 봤던 공격이었다.

독고월은 아까처럼 아슬아슬하게 피하려 했지만.

파바바바바박!

모두 허용하고 말았다.

독고월이 일부러 맞아 준 것이 아니었다.

"크윽!"

뼛속까지 시린 조공에 독고월이 주춤거리며 물러났다.
도저히 이해할 수 없는 일이었다.

"…분명 피했는데?"

"착각이겠죠!"

가해월이 입꼬리에 호선을 그리며 재차 하얀 손톱을 앞 세웠다.

쉬쉬쉬쉬쉭!

양손을 할퀼 듯이 휘둘린 경로는 지극히 단순했다. 눈감 고도 피할 수 있었다.

하지만 이번에도 결과는 같았다.

퍼버버버벅!

온몸을 긁어대는 통에 독고월의 상의가 쭉쭉 찢어져 나 갔다.

탄탄한 근육질 동체가 모습을 드러냈다.

"어머, 색마! 여기가 어디라고, 옷을 벗어젖히는지 몰라 요. 뭐, 그래도 몸은 실하네요. 딱 내가 좋아하는 몸매에요."

"……."

독고월은 그제야 깨달았다. 자신이 정체를 숨겼듯이 상 대도 그랬다는 것을.

그렇다면 눈앞의 가해월이 독고월보다 한 수위의 경지 란 걸까?

"복잡한 눈빛이네. 그래, 계속 생각해봐."

가해월의 말투가 달라졌다. 장난기를 거둔 것이다.

독고월은 상대를 경시하는 마음을 버렸다. 도첨을 겨눴 다.

아무런 기세를 끓어 올리지 않았는데, 태산이 앞에 떡하니 서 있는 느낌에 가해월이 감탄했다.

"제법이야."

"이제부터 시작이지."

파앙!

발을 굴러 순식간에 가해월의 앞에 선 독고월이 도를 내리그었다.

일도양단의 기세.

아무렇지도 않은 단순한 칼질인 듯 보였으나, 이 자리의 고수들은 알았다. 피하는 게 쉽지 않을 거란 걸.

스윽.

가해월이 한 발 옆으로 물러섰다.

빠드득!

묘한 어긋남에 이를 악문 독고월이 이번엔 횡으로 그었다.

휘이잉!

횡소천군(橫掃千軍).

단순한 공격이긴 하나 절정무인은 피하는 게 불가능한 속도와 위력을 지녔다.

한데 가해월은 기다렸다는 듯이 쭈그려 앉았다. 그리곤 턱을 괴고 앉으며 속사이듯이 재잘댔다.

이젠 놀라기도 지겨웠다.

"실력을 숨기고도 이 정도라니. 대단하긴 한데 육도낙월을 대성해야⋯⋯!"

독고월은 발로 가해월을 걷어찼다.

퍼억─

가해월의 신형이 뒤로 튕겨져나갔다.

한데 독고월의 낯빛이 좋지 않았다. 걷어차긴 했지만, 요란하기만 할 뿐 충격은 없었다.

마치 바람결에 춤추는 나뭇잎처럼 상대는 순응하고 있었다.

탁.

날아가던 가해월이 비무대의 끝자락에 내려섰다.

"휴우, 이번엔 제법이었어. 하지만 알지? 나한테는 안 된다는 걸."

"뭐 이런 게 다⋯⋯!"

문득 독고월은 이상함을 느꼈다. 어느 순간부터 주위에서 들려오던 환호성이 사라져 있었다. 주위를 둘러보는 독고월의 눈빛이 황당함으로 물들었다.

주위의 사람들은 시간이라도 멈춘 듯이 가만히 있었다.

"사술(邪術)인가?"

"아니, 일종의 환술(幻術)이지. 나만의 전매특허⋯ 아니지. 둘이니 전매특허는 아니네."

가해월이 종알대는 소리는 그냥 넘길 수가 없었다.

"대체 누구냐, 넌?"

"가해월."

"그러니깐, 누구!"

독고월이 버럭 소리 질렀다.

가해월이 눈매를 가늘게 떴다.

"생각해 봐, 독고월. 네가 직접."

"뭐?"

"그렇지 않으면 넌 여기서 죽을 거야."

월광도를 쥔 독고월의 손이 땀으로 흥건해졌다.

이것이 정말 현실이란 말인가.

지독한 악몽이라도 꾸고 있는 것 같았다. 독고월은 기세
를 끌어올리면서 주위를 살피는 데 여념이 없었다. 현실인
지 아닌지 구분이 되질 않았다.

가해월이 싱긋 웃었다.

"어서 와봐. 망설이지 말고."

"크윽."

독고월이 이를 악물었다. 다시 살아난 이래 이 정도로
긴장한 적이 있을까 싶을 정도였다.

가해월은 여전히 비무장의 끝에 서서 손가락을 까닥였
다.

두려움이 점점 공포로 변해 가려 한다. 이대로 가다간
공포에 삼켜진다.

독고월이 월광도를 사선으로 늘어트렸다.

"후회하게 해주지."

씹어뱉는 듯한 말에 가해월은 진한 미소를 지었다.

"이미 그러는 중이야."

두려움이 스멀스멀 피어올랐다.

아니, 자신을 믿자.

독고월은 자신을 다잡았다.

월광도를 등 뒤로 쭉 뺐다.

스윽.

땅을 밟은 발이 깊게 들어갔다. 독고월의 눈동자에서 푸르슴한 귀화가 타올랐다.

강대한 내공이 일점(一點)으로 집중되는 순간!

육도낙월 제오도 섬월(纖月)이 월광도를 통해 번쩍였다.

쩌저저저저정—

가느다란 벼락이 연상되는 섬월이 극점에 이르러 펼쳐졌다.

목표는 가해월이 서 있었던 장소……!

없다.

아니, 애초에 섬월을 펼치긴 한 걸까?

"…이건 대체 뭐야?"

넋 나간 독고월의 중얼거림이었다. 섬월을 펼친 줄 알았지만, 그건 그의 철저한 착각이었다.

-뭐긴, 놀아난 거지.

가해월의 속삭이는 목소리가 귓전을 두들겼다.

와아아아—

그제야 사람들의 환호성이 다시 들려온다.

독고월은 제 앞에서 쓰러져있는 가해월을 바라봤다. 어느새 월광도가 그녀의 목에 대어져 있었다.

"뭐해요? 패자에게 아량을 베풀지 않고서."

"……."

독고월은 얼떨결에 손을 뻗어 가해월의 손을 잡았다.

가해월은 남은 손으로 엉덩이를 털며 말했다.

"아고, 힘들어라."

"대체 넌 뭐냐?"

독고월의 지독한 불신 어린 눈을 보며 가해월이 귓전에 대고 속삭였다.

"네가 찾으려는 사람."

"뭐?"

독고월이 아직도 상황파악 못 하는 듯하자, 가해월은 그의 귀를 짓궂게 깨물었다.

"초난희, 본녀가 바로 그년의 스승이야."

第 11 章

第 11 章.

1

용봉대전의 최강 사인이 모두 정해진 밤이다.

내일 있을 준결승전에 대한 기대가 하늘을 찔러서일까.

저잣거리는 밤인데도 인산인해였다.

독고월은 그 인파를 헤치며 목적지에 도착했다.

"……."

그녀가 묵고 있다는 장소를 보고는 말문을 잃었다.

신기루(蜃氣樓).

현판에 적힌 글자였다. 장소와 이름이 어울리지 않는 건
아니었다. 틀린 말도 아니고, 오히려 의미심장한 뜻이 묘
한 감흥을 불러일으켰다.

문제는 반쯤 벗어젖힌 기녀들이 즐비한 기루란 것이었다.

대로에서 구석진 골목으로 들어서자 본 홍등가에 설마 설마 했다.

그 설마가 사람 잡는다고.

독고월은 쓴웃음을 지었다. 여인이라면 절대로 머물지 않을 장소였다.

지금도 신기루 안에선 갖은 비음과 교성, 눈꼴 시린 애교와 지분거리는 행위가 적나라하게 벌어지는 중이었다.

독고월로서는 혀를 찰 수밖에 없었다.

"쯧! 정신이 나가지 않고서야."

나이 든 총관이 입구에선 기다렸다는 듯이 다가왔다.

"루주님께선 삼 층에서 제일 끝에 있는 방에서 계십니다."

공손히 읍한 총관이 앞장서기 시작했다.

독고월은 그 뒤를 따르며 루주란 말에 쓴웃음을 머금었다. 가해월이 분명해서다. 그녀의 정체는 이미 서문평을 통해 확인했다.

가해월이란 이름을 말했을 때.

서문평은 한참을 넋 놓고 있었다. 초난희의 스승이란 말을 말했을 때야 비로서 제 이마를 짝 소리 나게 쳤다.

─어쩐지 귀에 익은 이름이다 싶었는데! 누님께서 말한 스승님과 동명이인일 줄은 몰랐습니다.

─동명인이겠지.

-아얏! 누님이 스승님을 꼭 한 번 찾아뵈어야 한다고, 소제에게 여러 번 당부했었는데 말입니다.

-…….

-완전히 까맣게 잊고 있었습니다! 만약 형님이 말씀해 주시지 않았다면, 당부는 물론! 이름도 기억하지 못했을 겁니다. 역시 형님입니다! 대단하십니다.

-…….

-어째서 소제를 그런 무서운 눈으로 보시는 겁니까? 소제가 뭔가 실수라도 한 겁니까?

-형님, 어디 가십니까? 소제도 따라가도 됩니까? 숨죽이고 뒤만 따르겠습니다.

-형님, 가시는 길에 소제도 안 갈 수가 없……응? 어째서 손을 들고 계시는 겁니까, 형님?

그리하여.

머리 나쁜 애새끼의 뒷목까지 쳐 기절시키고 온 독고월이었다. 눈치는 진즉 엿 바꿔 먹은 서문평을 떠올리면 심기가 절로 불편해졌다.

그런 골치 아픈 애가 뭐 좋다고 펑펑 울어댔던 걸까.

아민은 눈알을 까뒤집은 서문평이 죽은 줄 알고 꺼이꺼

277

이 울어댔다. 모용설화가 달랬기에 망정이지 아니었다면 서문세가에 당장에라도 달려갈 기세였다.

머리가 지끈거린다.

"조만간 애송이들을 따로 떼어놔야겠어. 더이상 볼일도 없고 말이지."

"예? 무슨 말씀이신지?"

안내하던 총관이 독고월의 혼잣말에 뒤돌아섰다.

독고월은 아니라는 듯이 턱짓했다. 안내나 계속하라는 것이다.

총관은 다시 앞장서서 올라갔다.

곧 목적지에 당도했다.

끼익.

문을 열며 총관이 공손한 태도로 물러섰다.

"그럼 즐거운 시간 되시길 바랍니다."

"즐거운 시간은 개뿔."

독고월은 한차례 코웃음 치고는, 총관을 지나쳐 내실로 들어갔다.

휘황찬란한 내부가 가장 먼저 반겨줬다.

특별한 손님을 위해 준비한 듯이 탁자 위엔 산해진미와 한 잔에 수십 냥을 호가하는 명주가 자리했다.

그리고 한 쪽엔.

"……"

278

독고월의 표정이 철갑을 두른 듯이 딱딱해졌다. 한 여인이 잠자리 날개처럼 얇은 나삼을 입고 누워있어서다. 풍만한 몸매를 가감 없이 드러낸 여인이었다.

"방을 잘못 찾아왔……."

"거기, 넋 놓고 서 있지 말고 안으로 들어와."

나른한 목소리의 주인이 말해줬다. 아주 잘 찾아왔다고.

독고월은 뒤를 돌아봤다. 총관은 이미 내실의 문을 굳게 닫았다. 그제야 즐거운 시간을 보내라는 의미를 알게 됐다.

"본녀 덕에 눈이 호강하지?"

"옷이나 주워입지. 보기 흉해."

"좋으면서."

싸늘한 면박에 나삼을 입은 여인, 가해월은 음흉한 미소를 지었다. 곰방대를 들어 불을 댕겼다.

연기가 피어오르자 독고월의 눈빛이 달라졌다. 연기를 들이마시자 머릿속이 아찔해졌다. 단전에서 내공이 반사적으로 일어났다.

"설마 아편인가?"

"후후."

가해월은 부정하지 않았다. 그저 빼끔거리며 곰방대를 피워댔다. 몽롱하기 짝이 없는 눈빛이 독고월을 응시했다. 동공이 풀렸다.

"얼씨구."

"후암."

가해월은 봄볕에 늘어진 고양이처럼 느긋이 하품까지 한다. 당장에라도 잘 듯이 굴면서도 곰방대는 계속 입에 물고 있었다.

정말이지 어처구니가 없는 여인이었다. 마음 같아서는 뒤도 안 돌아보고 떠나고 싶었지만, 그럴 순 없었다.

"불러놓고 뭐하자는 건지 원. 쯧!"

말은 그렇게 하면서도 탁자에 마련된 의자에 앉았다.

쪼르륵.

독고월은 술병까지 들어 술잔을 채웠다.

휙.

새하얀 손이 그 잔을 잡았다. 어느새 가해월이 독고월의 옆에 앉은 것이다. 가해월은 묘한 미소를 짓고는 잔을 비웠다.

"흐음, 결국 예까지 왔네."

제법 독한 술이었는지 주향이 확 풍겨왔다.

독고월은 가해월의 잔을 채워주고는 제 잔까지 채웠다.

가해월은 고맙다는 듯이 생긋이 웃고는 다시 잔을 비워냈다. 마치 술에 원수라도 진 사람처럼 거침없이 마셨다. 아편을 하는 것도 모자라 독한 술까지 마셔댔다. 이러다 몸이 축나겠다.

"자학이 취미였나?"

"호호."

독고월의 물음에 가해월이 웃음만 흘렸다. 눈빛이 한겨울의 호수처럼 차가워졌다.

탁.

곰방대를 내려놓았다. 그리곤 독고월을 노려봤다.

"뭐냐? 잡아먹지 못해 안달 난 사람처럼……."

덥썩.

독고월은 말을 멈추고는 코앞까지 다가오던 그녀의 머리를 잡았다. 그녀를 밀어내고는 인상을 썼다.

"취했나?"

"취했지."

"장난이 지나쳐."

가해월은 킬킬 웃고는 도로 침상에 누웠다. 손을 들어 이마에 대고는 주절거렸다.

"어디까지 알고 싶어?"

"전부다."

가해월의 고개가 슬며시 돌아갔다. 감길 듯한 눈이 독고월을 바라봤다.

"대가는?"

"뭘 원하는데?"

"원하면 줄 거고?"

"들어봐서."

"호호."

웃긴 말도 아니건만 가해월은 몽롱한 얼굴로 헤실거렸다.

독고월은 고개를 젓고는 술잔을 들었다.

"정상이 아니군."

"널 원해."

느닷없는 한 마디에 들린 술잔이 멈췄다.

기시감이 절로 드는 상황이다 아니, 이미 초난희로 인해 겪어본 적이 있었다. 독고월의 얼굴이 절로 일그러졌다. 짜증이 서린 눈빛이 그녀의 심장에 비수마저 꽂았다.

"미쳤느냐?"

2

"농이야, 농."

가해월은 히죽 웃었다. 동공도 풀린 것이 각성상태라는 걸 말해줬다.

독고월이 잔을 비우며 말했다.

"그 나물에 그 밥이라고. 고 계집애와 똑같은 소릴 해대지."

"고 계집애? 초난희? 호오, 그거 놀랍네. 얌전빼기론 천하제일이었는데 말이야."

"스승이라면 당연히 알고 있어야 하는 거 아닌가?"

"그년이 진무(塵霧)를 펼쳐놓은 터라 천안통(天眼通)으론 볼 수가 없어."

"진무? 천안통?"

천안통이야 그렇다 쳐도, 진무란 소리에 절벽에 떨어지고 난 뒤에 치료받던 나날들이 떠올랐다.

그 당시 화전민촌을 감쌌던 운무를 말하는 걸까?

"천안통은 그냥 멀리 내다보는 정도로 생각하고. 진무는… 초난희, 그년이 독자적으로 만들어낸 진법 아니, 진법이라고 하기엔 무리가 있네. 그냥 그런 거라고 생각해."

그녀는 설명하기도 귀찮다는 듯이 손사래를 쳤다.

뭐하나 제대로 설명해주질 않았지만, 독고월은 그런 능력들에 집중하지 않았다. 좀 더 근본적이고 감정적인 문제로 접근했다.

"그냥 그런 게 뭔지는 모르겠지만, 어째서 그런 걸 펼쳐놓은 거지?"

가해월은 혀를 찼다.

"쯧! 이리 둔해서야… 왜겠어? 설마하니 심심해서 펼쳤겠어? 또 아니면 왠지 멋져 보여서 그랬겠냐고?"

가해월이 그것도 모르냐는 눈초리로 이어 말했다.

"…바로 네놈을 보호하기 위해서잖아."

283

"누구로부터?"

딱딱하게 굳은 표정을 한 독고월의 물음이었다.

가해월이 몸을 뒤집었다. 덕분에 탱글탱글한 둔부가 흔들렸다. 가해월은 취기와 함께 약기운이 돌았는지 졸린 목소리를 내었다.

"누구긴 누구겠어? 너를 이용해 먹으려는 놈들이겠지. 아, 또 하나 있었군."

독고월은 혹시나 했다.

그 내심을 읽은 듯이 가해월이 킥킥거렸다.

"맞아, 흑야가 만들어낸 가짜 남궁일의 시체를 보고도. 혹시나 해서 수색까지 한 복면을 쓴 잡것들도 있었네."

"……."

복면을 쓴 잡것들이 누군지 말 안 해도 알았다.

남궁일의 죽음에 직접적으로 손을 쓴 놈들밖에 더 있겠나?

당시를 떠올린 독고월이 두 눈을 감았다. 귓가로 흐릿한 그녀의 목소리가 들려왔다.

"그리고 시간도 필요했지. 네놈을 사람으로 만들기 위해서 말이야."

"뭐?"

그게 무슨 뚱딴지같은 소리냐는 듯이 독고월이 물었다.

하지만 답은 없었다.

고롱고롱.

가해월의 고른 숨소리가 말해줬다. 지금 잠을 자고 있다는 것을 말이다.

독고월이 암암리에 기세를 끌어올렸다.

지금 잠이나 쳐 잘 때냐는 듯이 살기까지 내비쳤지만, 가해월은 꿈쩍도 하지 않았다. 술과 아편에 취해 깊은 수마에 빠져든 것이다.

드으으으.

낮은 코골이 소리가 말해줬다. 지금 아주 깊은 숙면을 취하고 계시는 중이라고.

"……."

스윽.

독고월의 신형이 나타난 곳은 잠든 가해월 앞이었다.

만약 눈빛만으로 정신을 번쩍 들게 하는 무공이 있다면, 가해월은 이미 눈꺼풀을 까뒤집으며 일어서야 했다.

실제로 독고월은 그러고 싶은 욕구를 억눌렀다. 조급해지는 마음을 버리고 그저 기다렸다.

한 시진이 흐른 뒤.

독고월은 여전히 내려다보고만 있었다.

"……."

감았던 그녀의 눈꺼풀이 서서히 떠졌다. 반개한 눈에 초점도 잡혀갔다. 드리워진 그림자에 그녀의 시선이 독고월의 다리를 타고 올라갔다.

"뭐야? 본녀의 자는 모습을 음흉한 눈으로 훔쳐보고 있었네."

"죽일듯한 눈이겠지."

"넋 놓고 있지 말고, 이리 와서 눕지 그랬어? 본녀의 방중술 죽여주는데 말이야."

"쓸데없는 흰소리는 그쯤하고. 하던 말이나 계속하지."

"흥, 본녀처럼 끝내주는 여인의 유혹을 흰소리로 치부하다니. 기분 나빠. 그래서 말 안 해."

이건 뭐, 잠에서 깬 애도 아니고.

칭얼거리는 가해월에 끄응, 소리가 절로 나왔다. 하지만 독고월은 찌푸려지려는 검미를 폈다. 일단은 비위를 맞춰주기로 마음먹은 게다.

"이럴 수가, 끝내주는 여인이 유혹을 다해줘서 가슴까지 떨리네. 답지 않게 떨려서 실수로 사람 하나 개 잡듯이 잡을 거 같네."

"……."

"정말이지 죽여주게 예쁘네."

"영혼이 안 담겨있잖아, 영혼이. 본녀 말 안 해. 잘 거니까. 나가 봐."

가해월이 입술을 삐죽거리며 돌아누웠다.

독고월은 하마터면 허리춤에 있는 월광도를 뽑아들 뻔했다. 제일도 삭월부터 제오도 섬월까지 연달아 펼치고 싶은 욕구를 꾹 눌러 참았다. 세상에 출도한 이래로 유례없는 참을성을 발휘하는 중이다.

뭐 이런 게 다 있냐.

이를 악문 독고월이 한 자 한 자 힘주어 말했다.

"아주 그냥 끝장내주고 싶을 정도로 끝내주신 천하제일미인에게 흰소리를 다하다니. 마음 같아서는 주둥아리를 쥐패고 싶네."

"……."

내뱉은 말에 진심은 담겨 있는데, 말한 대상이 모호하다.

가해월은 피식 웃고는 몸을 일으켰다. 기지개를 켜면서 산해진미가 차려진 탁자로 향했다.

털썩.

의자에 주저앉은 가해월이 술병을 기울이며 말했다.

"귀령수(鬼靈水) 맛은 제법 괜찮았어?"

"귀령수?"

독고월은 가해월의 말을 곰곰이 곱씹었다. 그러다 두 눈을 부릅떴다. 잊고 싶었던 맛이 절로 떠올라서다.

"서, 설마 그 저주받을 탕약을 말하는 거?"

잠깐이나마 그 맛을 기억하고만 세 치 혀, 내뱉은 목소리마저 떨릴 정도였다. 정말이지 기억하고 싶지 않은 맛이었는데, 입안엔 침이 고였다.

둘이 먹다가 둘 다 뒈져버릴 그 더러운 맛에 길들여지기라도 한 건가?

아니다.

그건 사람이 먹을 수 있는 게 아니었다.

"말문을 잃은 걸 보니 어지간히도 맛있었나 봐? 본녀는 먹어본 적이 없으니 맛을 알아야지."

"화전민촌에 아직 남은 게 있으니 한 번 먹어보도록. 둘이 먹다가 둘 다 끝내주는 맛이니까."

"그래? 시간 내서 한 번 가야겠네."

아까 기다리게 한 복수의 뜻이 담긴 걸 알 리 없는 가해월이었다. 조막만 한 고개를 끄덕이고는 술을 입안에 털어넣었다.

"어쨌든 그 끝내준다는 귀령수 맛은 몰라도 어떤 건지는 잘 알지. 남궁일의 신체와 네 영혼을 보다 확실하게 합일시켜주는 귀한 거야. 원령과 신령을 더해서 만든……."

"잠깐."

독고월이 가해월의 말을 막았다. 도저히 넘길 수 없는 말 때문이었다. 가해월이 말한 신체는 남궁일의 육체고, 영혼은 당연히 독고월이니, 합일시켜준다는 뜻은 알겠다. 하지만 원령과 신령이 주는 의문점이 남았다.

가해월이 술을 재차 비워냈다.

"뭐야? 갑자기 말은 왜 자르고 그래."

"원령은 억울하게 죽은 화전민촌의 사람들을 말하는 건가?"

"그래."

"그럼 신령은 뭔데?"

"……"

가해월이 말문을 잃었다. 한심하다는 듯이 고개를 절래절래 흔들었다. 그러고는 술병째로 마시기 시작했다.

꿀꺽, 꿀꺽.

가해월은 제 얼굴만 한 병을 단숨에 비워냈다. 벌게진 손으로 입가를 닦고는 긴 한숨을 내쉬었다.

독고월은 참을성 있게 기다렸다. 뭔가 자신이 놓친 사실이 있나 싶었다.

가해월은 그 모습을 보며 비감에 젖었다.

"뭐야, 아직도 몰랐어? 그렇게 둔해 보이진 않는데."

"뭘 말하는 거야?"

"신령 말이잖아."

"그러니깐 뭐!"

이해하기 어려운 말을 해대는 가해월에 독고월이 불같이 화를 냈다.

아니지.

어쩌면 이어질 말이 뭔지 알 것 같아서 더 화를 내는 건지도 모르겠다. 손을 뻗어 가해월의 입을 틀어막고 싶은 욕구를 겨우 참아내었다.

그 내심을 짐작이라도 한 듯이 가해월이 술병을 턱— 내려놓았다. 씁쓸한 읊조림이 번들거리는 입술 사이로 새어 나왔다.

"초난희를 말하는 거잖아."

할 말을 잃은 독고월을 보는 가해월의 눈빛이 점점 회한으로 젖어들었다.

3

"스승님."

"이년아, 왜 또 진지한 표정을 해? 사람 무섭게."

초난희의 부름에 세월아 네월아 하며 누워있던 가해월이 벌떡 일어났다. 얼굴색마저 핼쑥해져 있었다. 제자 년인 초난희가 진지해지면 늘 안 좋은 예언이 뒤를 이어서다. 행여 자신에 대한 예언일까 봐 불안해하는 기색이 다분하다.

그 내심을 짐작한 초난희가 아니라는 듯이 고개를 저었다.

"걱정하지 마세요. 예언은 아니니까."

"이년아, 사람 간 떨어지게 좀 하지 마. 그 예고도 없이 불쑥불쑥 찾아오는 예언을 들어야 하는 처지도 생각해주라고."

가해월이 손으로 가슴을 쓸었다. 안도의 한숨마저 흘렸다.

초난희는 살포시 웃었다.

"만약 용봉대전에서 그를 만나게 되면 어쩌실 거예요?"

"젊어진데다 더욱 잘생겨졌다며, 집안도 훌륭하고."

"네."

"그럼 이 끝내주는 몸매로 꼬셔줘야지!"

잘록한 허리에 양손을 올린 가해월이 풍만한 가슴을 쭉 내밀었다.

한숨이 절로 나오는 모습이었다. 초난희는 자신이 최근에 완성한 강호비망록을 보여줄까 말까 고민했다. 그래도 실마리라도 알려주는 게 나을성싶었다.

"스승……."

"독수 공방한 지 어언 오십 년! 네년 덕분에 이 불쌍한 인생에 봄날이 찾아온 거지! 네년의 망할 할애비가 짓밟은 순정이 드디어 보상받게 됐다고!"

하지만 야무진 꿈을 꾸며 깔깔대는 스승 가해월에게 말해줄 수 없었다. 자신과 달리 예언이 아닌, 천안통과 환술 능력이 대단한 스승이었다. 천기자였던 돌아가신 할아버지와의 연 덕에 거둬준 가해월의 은혜를 잊어선 안 됐다.

물론, 솔직한 심정은 결과를 알면 가해월이 무슨 짓을 할지 짐작이 되어서다.

극에 다른 환술로 그를 속일 지도 모를 일.

그렇게 되면 끝장이다. 그냥 순리에 맞게 흘러가게 놔두는 게 좋았다.

미래에 대한 건 모르면 모를수록 좋은 거니까.

천기누설(天機漏泄).

미래를 알게 되면 절대라고 해도 좋을 정도로 끝이 좋지 않았다.

가해월 또한 그걸 잘 알기에 초난희의 예언에 그토록 긴장하는 것이다.

"근데 무슨 말을 하려고 했던 것이냐? 혹 그러지 말라고 할거라면, 입 다물거라. 이번엔 반드시 부부의 연을 이어갈 거니까. 나이도 서로 엇비슷하고 딱 좋지. 그래! 이건 네 망할 할애비를 놓친 것에 대한 일종의 보상이야, 보상!"

"......"

당시 서른 넘은 유부남이었던 할아버지를, 고작 열 두엇 되는 가해월이 쫓아다닌 거에 대한 보상이라니.

초난희는 할아버지의 고충을 십분 이해했다.

스승인 가해월은 막무가내였으니까.

"그나저나 이 냄새 나는 촌 동네에 언제까지 있어야 해? 이제 고산채의 그 잡놈들 괴롭히기도 지겨운데 말이지. 신기루를 비운 지도 벌써 일 년이나 됐다고."

가해월이 침상에 도로 누우며 한숨만 푹푹 내쉬었다.

초난희는 쓴웃음을 지으며 의술 도구를 정리했다. 걱정
어린 가해월의 목소리가 들려왔다.

"근데 말이다. 네년이 쓴 비망록을 놈들에게 줘도 되겠어?
놈들의 손아귀에 들어가면 강호에 혈겁이 일어난다며, 정사
대전이 시작되면 무수한 인명피해가 발생할 건데 말이야."

"…주지 않아도 반드시 일어나게 될 혈겁이에요. 하늘
이 정한 운명은 막을 수 없는 법이니깐요."

"이년아, 이 잘난 스승님이 도와주면 이 강호에 안될 일
이 없어. 그러니 말만 해. 네년을 핍박하려는 놈들에게서
구해줄 테니. 강호를 혼돈 속으로 몰아넣을 비망록 같은
건 불태워버리면 될 일이다."

"……."

'그럼 그도, 스승님도 죽어요.' 라는 말이 턱밑까지 차올
랐다. 할 말과 못할 말은 구분하는 초난희였다. 일부러 밝
은 표정을 지었다.

"현재 강호는 언제고 터질 화약고나 다름없어요. 제가
쓴 비망록이 아니어도 결국은 터질 거예요."

"어이구, 그렇게나 밝은 표정으로 현재 강호는 언제고
터질 화약고예요~ 혈겁은 일어나게 되어있어요~ 라니.
하여튼 이쁜 것들이 더한다니깐!"

비아냥거리는 가해월에도 초난희는 개의치 않았다.

"그나저나 스승님은 용봉대전에서 그를 만나셔야 하는데. 요즘도 주안술을 필사적으로 익히고 계시죠?"

"그래, 이년아. 아주 겨드랑이에 땀내나도록 익혀서 네 년보다 더 젊고 예뻐질 거다, 이년아."

가해월이 뱉은 말엔 가시가 있었다. 초난희를 향한 경쟁의식이 활화산처럼 활활 타오른 덕분이다. 치켜 올라간 눈꼬리도 손을 대면 베일 정도로 매서웠다.

하지만.

말간 미소를 짓고 있는 제자 년은 너무나도 아름다웠다. 같은 여인인데도 눈이 호강할 지경이었다.

"아이구, 이 망할 년. 지 할애비 닮아서 짜증 나게 예쁜 것 봐. 하여튼 예쁜 것들은 다 죽어 없어져야 해! 싹 다 씨를 말려야……!"

"그럼 안 돼요. 스승님도 없어져야 하는 걸요?"

생각지 못한 제자년의 기습이었다.

"……."

"스승님은 저보다 훨씬 예쁘셔서 안 돼요. 그러니 그런 말씀 마세요."

"에잉, 말이나 못하면 밉지는 않지!"

웃는 낯을 한 초난희의 농에 가해월이 고개를 홱 돌렸다. 귓불이 살짝 붉어진 것이 기분은 좋은 듯했다. 이어진 제자의 말은 더욱 부끄럽게 만들었다.

"그나저나 우리 스승님 얼굴 너무 곱다. 마음도 고와 몸매도 끝내줘. 매력도 철철 넘쳐. 거기다 환술은 물론 무공도 좀 쎄. 어디 하나 빠지는 구석이 없네양."

"이, 이년이 갑자기 왜 이래? 뭐, 잘못 먹었어?"

"잘못 먹긴요, 사실을 말하는 건데요. 스승님은 정말 정말 아름다우세요."

"개, 객쩍은 소리는 그쯤하고! 이 스승은 심심하니까. 막수나 괴롭히러 가야겠다. 그 못생긴 놈은 한 달간 피똥 싸게 해줘야 제맛이지."

맥없이 부끄러워하던 가해월은 누가 들으면 경기 일으킬 소리를 아무렇지 않게 했다. 당장 떠나려는 듯이 몸까지 일으켰다.

초난희가 가해월의 소매를 잡았다.

가해월이 붉어진 얼굴로 소리쳤다.

"이년아! 여자끼리 얼굴에 금칠해주는 것도 적당히 해야지. 영혼 없는 칭송도 계속되면 거짓말이라……."

가해월은 벼락 맞은 것처럼 굳었다. 포옥 안겨오는 초난희 때문이었다.

"…뭐, 뭐야?"

"정말 감사해요, 스승님. 스승님이 아니었다면 전 할아버지처럼 이용만 당하다가 죽었을 거예요."

"흥! 고마우면 이 잘난 스승의 말이나 잘 들을 것이지. 왜 맥없이 그놈들이 하자는 대로 끌려가려는 것이야. 옛말에도 어른 말 들으면 자다가도 떡이 생긴다고 했어, 이년아!"

"우리 스승님 말 잘 들어서 지금껏 잘 살아온 걸요. 스승님이 베푸신 가르침 덕분에 말이죠."

"이년아, 그럼 돈으로 갚어. 맨입으로 후려치려 하지 말고. 이게 어디서 세 치 혀로 천 냥 빚을 갚으려고 해? 콱 혼쭐을 내줄까 보다."

"아하하."

초난희는 유쾌하게 웃었다.

가해월이 고리눈을 치켜떴지만, 이내 눈꼬리에 준 힘을 풀었다. 딸처럼 키운 속 깊은 제자였다. 매일같이 끔찍한 예지몽에 심신이 넝마가 돼도 강호 걱정을 하는 이 불쌍한 아이를 보면.

"정말이지 화가 난다. 안 되겠어, 내 당장 이놈들을……!"

"그러지 마세요. 것보다 제가 부탁한 일이나 빨리 좀 해주세요."

초난희의 말에 가해월이 인상을 그었다.

"이년이, 한 달이나 걸릴 일을 아주 아무렇지 않게 부탁하지? 지 스승을 하인처럼 부려 먹는데 아주 도가 텄어, 그냥. 대체 누구 닮아서 그러는 거냐!"

"강호에서 제일 잘난 스승님 뒤서 그렇죠. 그리고 전 스승님 말고 부탁할 사람도 없는 걸요. 스승님의 천안통 덕에 귀령수 작업도 막바지에 이르렀잖아요."

"아니, 만년설삼을 구해오는 게, 남의 집 감나무 서리하는 거냐고!"

"스승님이라면 일 년도 안 걸릴 거라 불초 제자가 장담하지요."

"어이구, 이 박복한 년의 팔자. 세상천지 제자 심부름하는 스승이 어디 있냐고? 것도 그 감사하다는 스승 먹일 것도 아니고, 남 처먹일 거를!"

"다 스승님을 위한 거예요. 그리고 힘들게 구해오실 테니 반 뿌리는 드릴게요."

"야 이년아, 스승이 구해온 걸로 생색은 왜 내고 지랄이야."

"필요 없으세요?"

"잘근잘근 씹어먹으면서 올 거다, 네년과 함께!"

"그러세요."

"하지만 약속한 게 있으니 반 뿌리는 남겨는 줄게."

"후후."

"웃지마, 이년아. 그러다 정들어."

"감사해요, 스승님."

"됐고, 그보다 하나만 묻자. 대체 왜 귀령수에 만년설삼을 넣으려는 건데?"

"필요하니까요. 스승님의 꿈을 이뤄줄지도 모를 그를 위한 거예요. 오늘 안에 출발해주세요. 한시가 급하다구요."

"이, 이 망할 년은 스승을 부려 먹다 못해. 아주 잡아 잡수려고 안달이 났지, 그냥!"

"어서요. 막수 그자는 놔두고, 만년설삼이나 빨리 구해와 주세요."

초난희는 성난 가해월을 연신 등 떠밀었다.

가해월은 이를 바득바득 갈았지만, 하나뿐인 제자의 부탁을 거절하진 않았다. 오랜 독수공방을 깨줄 그를 구하기 위한 일이기도 했고, 어둠이 내린 강호를 도로 밝히는 일이라고 제자가 누누이 말해왔다.

해서 어쩔 수 없이 떠난 건데.

천신만고 고생 끝에 만년설삼을 구해오는 일이, 자그마치 일 년이나 걸릴 줄은 꿈에도 몰랐다.

화전민촌을 떠난 뒤.

가해월은 천안통으로 줄곧 화전민촌에 진무가 펼쳐진 걸 확인했다. 그렇기에 흑야로부터 제자가 안전하다고 믿었다. 진무로 그녀 자신을 보호하면 된다고 호언장담했으니까 말이다.

털썩.

가해월은 주저앉고 말았다.

"이, 이게 뭐야?"

하지만 화전민촌엔 닥친 참화는 이미 끝이 나도 한참 전에 끝이 났었다.

설마 진무는 놈들뿐만 아니라, 자신으로부터 진실을 감추기 위했던 거였을까? 행여라도 제자의 위기를 그냥 못 넘기고 달려들 못난 스승을 위해서?

가해월이 허망한 얼굴로 넋을 놓고 있을 때.

누군가 조심스레 다가왔다.

"저 혹시… 어머! 맞네, 맞아!"

면식 있던 화전민촌의 곽씨였다.

가해월이 넋 나간 표정으로 어떻게 된 거냐고 물었고, 곽씨는 어두워진 안색으로 지난 사정을 설명하기 시작했다.

초난희의 일부터 서문평과 고산채가 얽히고 독고월이 해결하는 순간까지.

곽씨로부터 모든 걸 전해 들은 가해월은 파헤쳐진 무덤을 보았다. 그리고 어렵지 않게 짐작해낼 수 있었다. 이 모든 게 비망록을 가져간 흑야가 벌인 짓임을 말이다.

"절대 용서 못 해."

낭군이고, 나발이고.

가해월은 타오르는 분노에 치를 떨었다. 하지만 그녀는 흑야의 본거지를 알면서도 복수를 할 수가 없었다.

야주와 십이야를 비롯한 예하 조직들.

가면 개죽음이었다. 그렇게 되면 애제자의 유지를 이어갈 수가 없었다. 그래서 그저 분하고 분한 눈물만을 흘리며, 놈들과 약한 자신만을 원망할 뿐이었다.

상념에서 돌아온 가해월이 씁쓸히 읊조렸다.

"…본녀는 귀령수에 필요한 신령이 만년설삼 같은 희대의 영약이라고 여겼는데 아니었지. 독고월, 너에 관한 이야기를 곽씨에게 듣자마자 깨달았어. 초난희로 인해 귀령수는 이미 완성됐다는 걸."

"……."

그녀로부터 내막을 전해 들은 독고월은 침묵을 택했다. 혹시나 했던 기대가 와르르 무너져내린 말이었다.

아니지.

독고월은 냉소부터 흘렸다.

"해서 너도 모른다는 거지? 고 계집애의 행방을 말이야."

"……!"

가해월이 두 눈을 부릅떴다. 지금 자신이 한 이야기를 코로 들었나 싶었다.

"본녀가 한 이야기 못 들었어? 초난희는……!"

"그만."

독고월이 가볍게 말을 잘랐다. 그리곤 이해 불가란 표정을 한 가해월을 비웃었다.

"스승이라고 해서 모든 걸 알고 있는 줄 알았는데 아니었군. 계집, 넌 그저 환술을 익힌 엉터리에 불과해. 아니지. 헐벗은 채로 아편과 술에 찌들어 사내를 유혹하는 기녀보다 못한 유녀지."

"그 입 닥쳐!"

"뭣하면 입 닥치게 하시던가. 유녀."

가해월의 사나운 일갈에도 독고월은 조롱으로 답했다.

"이노오옴!"

파앙……!

성난 가해월이 순식간에 들이닥치며 일장을 날렸지만, 독고월의 손이 그걸 잡아채서 침상 위로 내던졌다.

쿠웅!

"크윽!"

침상 위로 나가떨어진 가해월이 신음을 삼키며 일어서려 했다.

독고월이 더 빨랐다.

콰직.

손으로 이미 가해월의 목을 잡아서 눌러버렸다.

가해월이 막 환술을 펼치려는 순간!

"환술을 쓸 기미가 보이면, 장담하건대 네 모가지를 비틀어주지."

"……!"

그 살벌한 경고에 가해월은 환술을 쓸 엄두도 내지 못했다. 회한에 젖은 것도 모자라, 아편과 술을 한 상태여서 반응이 늦은 탓이다. 그리고 독고월의 반응도 매우 기민하였다.

"그리고 내게 두 번은 안 통해."

독고월은 앞서 가해월의 환술에 당해봤다. 용봉대전에서 있었던 일은 독고월에게 큰 경각심을 불러일으켰다. 그러니 대비하고 있던 마당에 두 번이나 같은 환술에 당하기엔, 독고월의 경지가 너무나도 절륜했다.

가해월의 눈빛이 흔들렸다.

독고월은 이미 그녀의 단전을 통제하에 두었다. 의기상인이란 고절한 수법을 응용한 것이다. 내공의 총량차이가 심했기에 가능한 일이었다.

가해월은 겉으론 평정을 가장해보지만, 속으론 혀를 내둘렀다. 초절정 고수는 과연 명불허전이다. 만약 이대로 더 강해진다면, 그 망할 년의 할애비 예언대로 이 강호를 말아먹고도 남을 자다.

"결국, 여기까지 온 건 헛걸음이었지. 뭔가 알고 있는 것처럼 신묘하게 굴더니. 쯧!"

"본녀를 무시하지 마! 네놈보단 많이 알고 있으니까!"

가해월은 뿔난 얼굴로 소리쳤다. 핏줄이 선 눈동자에선 당장에라도 불이 나올 것만 같았다.

독고월은 콧방귀도 안 뀌었다.

"무덤을 파헤친 게 너도 아니고, 초난희의 행방도 모른다면 더 이상 볼 것도 없지. 괜한 헛걸음만 했군."

그리 말하고는 가해월의 목에서 손을 뗐다. 발걸음을 옮겼다. 방향은 내실의 문이었다.

가해월이 붉어진 얼굴로 몸을 일으켰다.

"지금 어디 가는데?"

"알 거 없다."

"여길 나가면 네놈은 반드시 죽어!"

우뚝.

독고월의 걸음이 절로 멈춰졌다.

그녀의 절규가 준 서늘함이, 죽인다는 말의 주체가 가해월이 아님을 알려줬다.

독고월이 되물었다.

"누가 날 죽여?"

가해월은 입술만 꾹 깨물었다.

왠지 모를 불길함이 엄습했다.

303

독고월의 눈빛이 달라졌다. 쉬이 말 못하는 가해월의 태도에서 머릿속에 떠오른 인물 하나가 있었다.

마침 가해월도 독고월의 생각을 읽은 듯이 떨리는 입술을 천천히 뗐다.

"흐, 흑야의 주인이 왔다고."

십이야의 말석이라곤 하나 초절정 무인인 죽은 권야, 그리고 은야마저 두려움을 내비칠 정도의 초강자.

야주.

지금 그가 와있단다.

"십 리 거리에 말이지."

두려움이 치민 가해월의 초점 잃은 눈동자가 잘게 떨렸다.

천안통으로 뭔가 본듯했다.

가해월의 흔들리는 눈동자에 초점이 잡혔다. 그리곤 애처로울 정도로 덜덜 떨어댔다.

"이, 이곳으로 오고 있어."

"……!"

그 말을 끝으로 독고월도 느낄 수 있었다.

필설로 설명할 수 없는 거대한 존재감이 엄습하는 것을.

〈4권에서 계속〉